W0185831

L'Aigle et la Rose

Serge Hayat

L'Aigle et la Rose

Éditions de L'Observatoire

ISBN : 979-10-329-2869-1
Dépôt légal : 2024, avril
© Éditions de l'Observatoire/Humensis 2024
170 *bis* boulevard du Montparnasse, 75014 Paris

À mon amour et partenaire de vie,
Martine, ma bonne étoile à moi.

« Ma volonté est de te plaire, de t'aimer et de t'adorer. »

Joséphine Bonaparte, 1803

« Joséphine était une vraie femme, la grâce personnifiée. Elle a embelli quinze ans de ma vie. Je puis dire que c'est la femme que j'ai le plus aimée. »

Napoléon à Sainte-Hélène, 1817

« Je vois que Bonaparte me trompe. C'est pourtant à moi qu'il doit tout. »

Paul Barras, 17 brumaire an VIII
(8 novembre 1799), 23 heures

Chapitre 1

13 octobre 1799, 13 h 30
Palais du Luxembourg, Paris

Les sentinelles en faction dans la cour du palais du Luxembourg se mirent au garde-à-vous, comme le voulait l'usage lorsqu'un directeur la traversait. Paul Barras inspecta distraitement la mine impassible et les tenues raides des soldats qui formaient une haie d'honneur jusqu'à sa voiture. Non sans une certaine satisfaction, il constata qu'il était le plus craint des cinq directeurs. Nul n'aurait contesté qu'il était le véritable maître du Directoire, le seul à n'avoir jamais laissé sa place depuis sa création, quatre ans plus tôt. Il grimpa dans la berline et des ordres claquèrent. Le portail s'ouvrit et le convoi quitta le palais.

Les rues étaient peu encombrées à cette heure de la journée, surtout un dimanche. Pourtant, en arrivant sur les quais rive gauche, Paul Barras n'avait de cesse de presser le cocher. « Plus vite, plus vite ! »

Le matin même, la *Gazette de France* étalait ses titres tapageurs partout dans Paris : « Bonaparte de retour à Paris ! » Les autres directeurs n'avaient pas mis plus d'une heure pour rappliquer dans son bureau en poussant des cris d'orfraie. Des incompétents incapables de penser par eux-mêmes. Lors du dernier conseil, aucun ministre n'y avait fait la moindre allusion... Étaient-ils seulement au courant ? Bien sûr qu'ils savaient, ces hypocrites. Des chacals qui n'attendaient que de le voir tomber. Il avait abrégé. Il fallait agir rapidement.

Paul Barras essuya ses mains moites sur un mouchoir - il détestait que son corps trahisse son émotion intérieure. Il détendit ses muscles, étira ses jambes et ses bras - privilège offert par la voiture spacieuse d'un directeur. Les événements prenaient une tournure inattendue. Il trouverait le moyen d'en tirer avantage. Comme il l'avait toujours fait. « Plus vite, plus vite », répéta-t-il au cocher qui accéléra le pas des chevaux sur les quais.

Le convoi s'engagea à droite sur le pont qui conduisait vers la place de la Concorde, autrefois place de la Révolution. L'espace d'un instant, Barras se figura la foule amassée et hurlante, la guillotine menaçante dressée vers le ciel comme une flèche de justice divine, la lame glisser, sèche et définitive. Il frissonna. Le sifflement du métal n'était pas passé loin. De l'histoire ancienne.

La voiture s'engouffra dans la rue de la Concorde en direction de l'église inachevée de la Madeleine. Plus de cinq ans s'étaient écoulés depuis la chute de Robespierre. Barras était désormais le maître et il le resterait. Il lui fallait juste du temps pour élaborer une stratégie. Quelle stratégie ? Elle commençait à prendre forme dans son esprit. Du temps, cependant, il n'en avait pas beaucoup. Les chevaux ralentirent le pas en entrant dans la rue Chantereine, rebaptisée rue de la Victoire quelques mois plus tôt, en l'honneur du général Bonaparte.

Napoléon Bonaparte. Son protégé.

Il l'avait repéré six ans plus tôt, au siège de Toulon quand il n'était que capitaine. Le premier, il avait su voir en lui cette énergie brute, ce talent audacieux qui effrayait tant son entourage. Du jeune capitaine, il avait fait un brillant général ; l'exécuteur de ses basses œuvres également : Bonaparte lui avait plus d'une fois sauvé son siège de directeur.

À la surprise générale, Bonaparte, que tout le monde croyait encore en Égypte, avait débarqué à Fréjus quelques jours plus tôt. Barras grimaça. Il payait des espions une fortune pour le tenir informé. Des bons à rien qui n'avaient pas vu venir l'événement le plus considérable de ces derniers mois : le retour impromptu du général le plus populaire de tous les temps. La nouvelle avait d'abord contrarié le directeur - comment Bonaparte avait-il osé rentrer sans lui en demander l'autorisation, ni même l'avertir ? Quel manque de respect ! Mais en y réfléchissant, son retour en France tombait à pic : Bonaparte pourrait bien, une fois de plus, le tirer de la crise politique que traversait le Directoire.

Le général lui devait bien ça. Après tout, Barras lui avait offert les campagnes d'Italie et d'Égypte qui avaient fait sa renommée. Il lui avait même cédé sa favorite : Rose de Beauharnais, devenue Mme Bonaparte.

Rose. Sa meilleure alliée. La pièce maîtresse de sa stratégie : elle avait envoûté son mari qui lui obéissait au doigt et à l'œil, permettant à Barras de garder la bride sur le cou du général. Seulement voilà : Bonaparte avait été absent de Paris pendant presque quatre ans, Rose l'avait trompé à tour de bras, sans même s'en cacher. Elle avait tout gâché alors que Barras avait plus que jamais besoin de son protégé pour se maintenir au pouvoir. Il l'avait fait chercher aussitôt la nouvelle confirmée mais ses envoyés ne l'avaient pas trouvée. Fallait-il qu'il s'occupe de tout lui-même ? Il s'était donc rendu chez elle en personne.

Le convoi s'immobilisa et seule la voiture du directeur se glissa dans une allée étroite, perpendiculaire à la rue de la Victoire. Elle dépassa deux hôtels particuliers et s'arrêta enfin dans une petite cour, face à un charmant pavillon blanc. Rose louait déjà cette maison avant d'y habiter avec son futur mari. Barras leva les yeux vers la fenêtre de la chambre où il l'avait retrouvée plus d'une fois. Il n'était pas là pour ça aujourd'hui.

Il gravit les quelques marches en marbre qui menaient au vestibule, une sorte de véranda en demi-cercle, en forme de tente militaire. Il n'y avait que Bonaparte pour imaginer ça ! Un majordome se précipita à sa rencontre. Barras ordonna :

– Étienne, dites à Madame que je souhaite la voir immédiatement.

– Votre Excellence, je...

Sans l'écouter, Barras pénétra dans la salle à manger. Il jeta un coup d'œil circulaire à la pièce et contempla l'impressionnant mobilier que Rose avait brocanté ou fait construire sur mesure à grands frais. Il en établit machinalement l'inventaire : une table ronde de plus de deux mètres de diamètre, une douzaine de chaises d'acajou, quatre buffets du même bois qui trônaient aux angles de la pièce, un paravent à six panneaux recouvert de taffetas bleu, une lampe chinoise à trois lumières, deux paires de flambeaux plaqués argent... Barras fronça les sourcils. La salle à manger de Mme Bonaparte était plus riche que l'ensemble des salles de réception du Directoire ! Mais il fallait reconnaître que Rose avait du goût, le luxueux mobilier était parfaitement assorti.

Étienne se tenait devant lui, n'osant interrompre ses pensées. Il l'y autorisa d'un signe de tête.

– Votre Excellence, reprit-il, Madame n'est pas là.

– Savez-vous ce qu'il en coûte de mentir à un directeur ?

Étienne suait abondamment.

– Je vous jure qu'elle n'est pas ici, elle...

– Où est-elle alors ?

Étienne hésita et Barras manifesta un geste d'impatience.

– Elle dînait aujourd'hui chez Gohier. Elle n'est pas encore rentrée.

Gohier ! Rose dînait chez le président fantoche du Directoire alors que son mari accourait à marche forcée sur Paris. Avait-elle perdu la raison ? Il faillit demander à Étienne d'aller la chercher mais se ravisa. Inutile de dévoiler sa fébrilité.

– Je vais l'attendre dans le grand salon.

Le directeur pénétra dans la pièce voisine, tout aussi richement meublée. Rose aimait le luxe plus que tout, elle ne pouvait plus s'en passer. Barras sourit. Elle n'aurait pas d'autre choix que lui obéir, si elle voulait conserver tout cela. Un plan avait germé dans l'esprit du directeur. Il ramènerait ses brebis égarées dans le droit chemin. Comme toujours, il tirerait les ficelles. Les époux Bonaparte le serviraient encore. Après tout, il les avait fabriqués.

Chapitre 2

12 avril 1795, 21 h 45
Salon de Thérésa Tallien, allée des Veuves

En ce début de printemps, le premier depuis la fin de la Terreur, l'ambiance du salon de Mme Tallien, le plus couru de Paris, battait son plein. Des réceptions dans lesquelles il était aussi essentiel de voir que d'être vu. Philosophes, peintres, comédiens, hauts gradés et politiques s'y pressaient pour s'informer, faire des rencontres, des affaires, obtenir des faveurs.

Un nom, surtout, était sur toutes les lèvres, et même à voix basse on ne parlait que d'elle. Depuis le début de la soirée, toutes et tous ne cherchaient qu'à l'apercevoir - Barras ne faisait pas exception. Sa réputation la précédait.

Barras n'avait encore jamais rencontré Rose Tascher de La Pagerie, épouse Beauharnais, mais il connaissait son histoire : enfermée à la prison des Carmes sur ordre du Comité de salut public, compagne de cellule de Thérésa Tallien, Madame de Beauharnais avait échappé de justesse à la folie meurtrière de Robespierre. Son mari, Alexandre de Beauharnais, n'avait pas eu cette chance : accusé de trahison et de complicité de conspiration, l'ancien commandant en chef de l'armée du Rhin avait été guillotiné quelques jours avant la chute de l'Incorruptible, sa dépouille jetée dans l'une des fosses du cimetière de Picpus. Comme tant d'autres.

On racontait que la veuve Beauharnais ne devait son salut qu'aux sentiments amoureux qu'elle avait inspirés à un greffier du tribunal révolutionnaire. On racontait aussi que son mari avait demandé le divorce en apprenant qu'elle couchait avec tous les hommes qui passaient à sa portée. Et parce qu'elle était née en Martinique, certains chuchotaient même qu'elle aurait par le passé forniqué avec des *Nègres*. Peut-être même continuait-elle ?

Quel pedigree !

Ces rumeurs ne l'avaient pas repoussé. Bien au contraire. Lui aussi avait manqué d'être passé au fil de la guillotine, lui aussi était apparu sur la liste noire de Robespierre. Et lui aussi, pourtant, se trouvait là ce soir, au milieu de la belle foule des esprits éclairés de la Révolution, dans le salon de Mme Tallien, à boire du champagne et à se régaler de mets délicieux en bonne compagnie. Au fond, ils étaient de la même race.

C'était elle qui l'avait abordé, comme le faisaient d'innombrables courtisans depuis qu'il était devenu président de la convention thermidorienne. Depuis qu'il était devenu l'homme fort du nouveau régime.

– Citoyen Barras, avait-elle minaudé en se fendant d'une révérence.

– Madame de Beauharnais, avait-il répondu en s'inclinant respectueusement.

Elle lui avait adressé un sourire, dissimulé aussitôt derrière son éventail. *Trop tard.* Barras avait eu le temps d'apercevoir ses dents gâtées - l'abus de canne à sucre, sans doute. Par courtoisie, il avait pris l'initiative de la conversation.

– J'ai été sincèrement navré pour le commandant de Beauharnais. C'était un bon militaire et un citoyen respectable, quoi qu'en ait pensé l'Incorruptible. J'espère que vous saurez trouver la force de reprendre pied dans le monde après cet épisode tragique.

Elle avait soupiré, un peu ostensiblement au goût de Barras. Il y avait quelque chose d'exagéré dans ses manières. Bien sûr, vu la situation, elle n'allait pas se comporter en veuve éplorée ; mais un peu plus de subtilité dans son jeu n'aurait pas été du luxe.

– Vous n'ignorez sûrement pas que nous n'étions plus en bons termes, mon mari et moi. Mais je vous remercie pour votre sollicitude. La vie suit son cours telles les saisons : parfois l'hiver, d'autres fois l'été... Je ne doute pas que le printemps finisse par venir frapper à ma porte.

Barras avait souri. Bien sûr, il avait été informé de tous les détails de sa répudiation. En réalité, ce qui manquait le plus à la veuve Beauharnais, c'était la pension que lui versait encore son époux avant d'être exécuté. Sa suspension la mettait dans une situation difficile - d'autant plus que les biens d'Alexandre de Beauharnais avaient été saisis. On la disait ruinée. Pire, la garde de ses enfants ne lui avait pas été rendue à sa sortie de prison, en raison de sa précarité financière. Depuis, elle faisait tous les jours le siège de l'administration, en pleurs, pour la récupérer.

– Alors je vous souhaite le plus beau des étés, avait répondu Barras en s'inclinant. Les amours vont et viennent, les amitiés aussi. Je serais bien mal placé pour vous faire la morale. Je suis moi-même attaché à ma liberté. À ce propos, avez-vous vu Mme Tallien ?

– Voulez-vous déjà me fausser compagnie ?

Le culot de cette femme forçait le respect : malgré sa situation fragile, elle n'avait pas hésité à tortiller du cul parmi les invités pour attraper dans ses filets le plus gros poisson de la soirée. Avec un décolleté outrageux. *On n'attire pas les mouches avec du vinaigre.* Mais qui était véritablement le chasseur, et qui était le gibier ?

– Rien qui ne puisse attendre. J'aime simplement garder mes amies près de moi.

– Allons monsieur, avait-elle murmuré en feignant la gêne. Est-ce ma tunique que vous fixez avec tant d'insistance, ou ce qui se devine sous elle ?

Elle s'était rapprochée de lui, mutine, et il avait souri. Nul besoin d'être un couturier de renom pour deviner que sa robe avait été coupée dans un rideau cousu à la hâte. Barras en avait conclu qu'elle était en effet réduite à la plus grande extrémité financière ; et dotée d'un courage hors norme – il en fallait pour se rendre ainsi vêtue dans le salon le plus prisé de Paris.

– Je ne suis pas très porté sur la mode, avait provoqué le président de la Convention thermidorienne.

– À part ma chère amie Mme Tallien, personne ici ne semble vraiment l'être, avait-elle répondu, pleine d'ironie.

Aiguillonné, Barras avait accueilli la pique avec amusement. Il n'aimait en effet pas mettre ses vêtements d'apparat ; il s'y sentait engoncé, et les hauts cols l'étouffaient. Chez lui, il ne s'habillait que de simples redingotes bleues, sa couleur préférée, beaucoup plus confortables à son goût.

Il avait eu envie d'elle, tout de suite. Il était temps de chasser la chasseuse.

– De tels vêtements ne sont faits que pour être exhibés en soirée. À vrai dire, nous serions mieux à les enlever. Et si nous trouvions une chambre dans laquelle vous pourrez enfin suspendre ce rideau que vous portez ?

Rose avait ouvert la bouche comme pour chercher de l'air. *Tu peux tromper tous les minets qui te tournent autour, mais pas moi.* Pour la première fois, elle avait semblé perdre pied, pour le plus grand plaisir de Barras. Un plaisir d'autant plus grand qu'il lui reconnaissait une certaine témérité de se montrer en public ; elle n'ignorait rien, bien entendu, des rumeurs qui couraient sur elle. Si cette veuve intrigante, répudiée et ruinée était capable de faire tourner les têtes d'un salon tout entier, emmaillotée dans une robe de drap, il allait rapidement lui trouver du travail !

– Peut-être que notre hôtesse pourrait nous en prêter une à l'étage ? poursuivit Barras. Ou bien allons chez moi tout de suite ?

Au prétexte de chercher Mme Tallien, il avait alors balayé le salon d'un regard circulaire. Plusieurs hommes qui les observaient du coin de l'œil s'étaient aussitôt détournés, honteux d'être pris à scruter le cul de Rose.

– Vous... vous ne manquez pas de toupet, avait-elle bredouillé.

Elle était encore plus attirante dans la difficulté. Non qu'elle fût particulièrement belle. Mais il commençait à comprendre ce que ses amants - réels ou fantasmés - lui trouvaient. Dans son œil brillait une flamme qu'il savait identifier plus qu'aucune autre : celle de la hargne. Elle avait redressé la tête.

– Demain chez vous ?

Entreprenante et audacieuse... Il aimait ça chez une femme - chez un homme aussi, du reste. Oui, ils étaient de la même race. Son désir augmenta encore.

– Et pourquoi pas ce soir ?

– Faisons appeler un cocher.

Chapitre 3

13 octobre 1799, 14 h 15
Hôtel Bonaparte, rue de la Victoire

Le claquement des sabots dans la cour, une porte qui s'ouvre et se ferme, des pas précipités. Dans le grand salon de l'hôtel Bonaparte, Barras revint au présent. Un frisson dévala son échine. Était-ce déjà Bonaparte qui arrivait à son domicile ? Une voix aiguë le rassura : Rose. Il se prépara mentalement à l'entretien qui allait suivre, tout en écoutant le pauvre Étienne expliquer à la maîtresse de maison que Son Excellence le directeur l'attendait depuis quinze minutes. Barras tendit l'oreille. De la salle à manger voisine lui parvenaient des bruits de tiroirs qu'on ouvre et qu'on ferme. Rose devait se refaire une beauté avant de paraître devant lui. Il sourit : il ne se laisserait pas prendre dans les filets de cette charmeuse professionnelle. Aujourd'hui, c'était lui qui tirait les cartes.

Étienne ouvrit enfin les doubles portes du grand salon pour laisser entrer Mme Bonaparte.

– Rose, je vous cherche partout depuis ce matin et vous me faites attendre !

– Paul, Dieu soit loué vous êtes là ! J'étais chez Gohier et j'ai appris que...

– Oui je sais, c'est pour cela que je vous cherchais.

Rose se jeta dans un fauteuil dont les accoudoirs représentaient des figures antiques de femmes en bronze doré, selon la mode du Directoire. Elle éclata en sanglots.

– Il a débarqué à Fréjus, Paul. Dans trois jours, deux peut-être, il sera à Paris !

Elle sortit un mouchoir de son corsage, attendant visiblement une parole réconfortante. Mais cela ne faisait pas partie des plans de Barras qui se borna à constater :

– Je sais. Il est rentré d'Égypte sans prévenir personne.

Le mois d'octobre était déjà bien entamé et Étienne avait fait brûler un feu haut dans la cheminée. Pourtant Rose transpirait comme en plein été et agitait l'un des éventails qui ne la quittaient jamais. Encore une fois, elle n'était jamais aussi séduisante que dans la difficulté.

– Il va me répudier, Paul, c'est sûr, il va me répudier.

Barras passa derrière le fauteuil de Rose et posa les mains à plat sur ses épaules, comme pour les y enfoncer.

– Il faut dire que vous vous êtes fourrée dans un joli pétrin. Je vous avais prévenue mais vous avez continué de le tromper à tour de bras.

– En quatre ans, combien de nuits a-t-il passées avec moi ? Tout cela ne serait pas arrivé si vous ne l'aviez pas envoyé à la guerre pour financer votre train de vie et celui du Directoire.

– Le Directoire vous a payé de belles commissions en retour. Et vous étiez bien contente que Bonaparte soit loin. Vous l'avez rendu fou de jalousie, ajouta Barras en appuyant davantage les mains sur les épaules de Rose.

– Ça vous arrangeait bien ! Il n'en était que plus hargneux sur les champs de bataille.

Elle se retourna vers le directeur et agrippa sa manche.

– Il faut que vous m'aidiez, supplia-t-elle.

Barras se dégagea et fit quelques pas pour la laisser pleurer un moment. Puis il approcha une chaise en acajou - recouverte d'un drap vert entouré de galon noir, comme le voulaient les codes de l'élégance parisienne - et s'assit tout près d'elle.

– Il faut surtout vous calmer, Joséphine, ordonna-t-il.

– Il n'y a que lui qui m'appelle comme ça, renifla-t-elle. Je me rends compte aujourd'hui combien il m'a manqué. Je ne supporterais pas qu'il me quitte.

Barras saisit son menton de la main droite et fit pivoter son visage pour l'obliger à le regarder dans les yeux.

– Qu'est-ce qui vous a pris, bon Dieu ! Je n'ai pas jeté Bonaparte dans vos bras uniquement pour vos beaux yeux. Vous étiez censée le surveiller et me prévenir de ses moindres faits et gestes. Et voilà qu'il débarque à l'improviste !

Barras se leva et se posta devant elle en pointant un doigt accusateur.

– À moins que vous m'ayez menti...

– Enfin, Paul !

– Nous le tenions dans nos mains, loin d'ici. Il menait ses grandes batailles et nous envoyait le butin de ses campagnes que notre Directoire dépensait allégrement. Et vous préleviez votre petite commission tout en baisant avec les plus beaux éphèbes de Paris. Qu'est-ce qu'il vous fallait de plus ?

– Paul, je...

Il était temps de conclure cette première partie de l'entretien. Barras éleva la voix.

– Bien sûr qu'il va vous rejeter et il aura bien raison ! Je n'aurais pas dû vous laisser n'en faire qu'à votre tête et nuire à nos intérêts. Et à ceux de vos enfants.

Les pleurs de Joséphine redoublèrent.

– Je ne veux pas que ça recommence, Paul. Ça ne peut pas recommencer !

Barras savait qu'il touchait un point sensible en évoquant ses enfants : elle avait eu beaucoup de mal à en récupérer la garde à sa sortie de prison ; depuis, subvenir à leurs besoins était son obsession. Le directeur reprit, sur un ton adouci :

– Vous allez faire exactement ce que je vous dis.

Il s'interrompit un instant pour vérifier qu'il avait toute l'attention de Rose. Elle s'était redressée sur son siège, tendue tel un animal blessé prêt à tout pour survivre. Il sentit son bas-ventre se durcir.

– Bonaparte sera en Bourgogne dans quelques heures - mes espions me disent que c'est la route qu'il va emprunter. Attelez immédiatement une voiture et partez à sa rencontre pour lui montrer combien vous êtes impatiente de le retrouver. Ça le flattera.

Joséphine bondit.

– Je ne peux pas quitter Paris, vous savez que je ne suis pas bien en ce moment et que...

– Voulez-vous prendre le risque qu'il revoie ses frères et sœurs, pire, sa mère, avant de vous retrouver ? Les Bonaparte vous détestent, ma chère. Si vous leur laissez la moindre chance, ils le persuaderont de vous répudier.

Joséphine retomba dans son fauteuil en se tordant les mains.

– Cette horrible famille ! Vous êtes à la tête du pays, ne pouvez-vous pas les mettre hors d'état de nuire ?

– Bien sûr que je pourrais tous les faire arrêter d'un claquement de doigts. Mais je ne le ferai pas. Pas tout de suite.

Rose s'agrippa aux visages sculptés à la mode antique de chaque côté du fauteuil, comme si des hommes en armes voulaient l'en extraire.

– Prendre la route maintenant est au-delà de mes forces, gémit-elle.

Décidément, Rose n'était pas facile à manœuvrer. C'était aussi ce qui lui avait plu chez elle.

– Vous souvenez-vous du jour où nous nous sommes rencontrés, Rose ?

– Oui, chez Thérèse Tallien.

– Vous sortiez à peine de prison, libérée *in extremis* après que j'avais renversé Robespierre. Vos enfants vous avaient été retirés, vous n'aviez plus un sou.

Barras s'approcha d'elle et l'arracha à son siège. Il se saisit d'un pan de son vêtement.

– Vous n'aviez même pas de quoi vous payer une robe ! Vous aviez dû la couper dans de vieux rideaux.

Le visage de Rose s'empourpra. Barras éclata de rire.

– Ne rougissez pas comme ça ! Au contraire, à l'époque, votre culot m'avait plu.

Elle protesta :

– Je ne vois pas le rapport et...

– Le rapport, c'est que si vous n'allez pas immédiatement à la rencontre de Bonaparte mener l'entreprise de séduction la plus difficile de votre vie, vous pouvez préparer des ciseaux et plusieurs rideaux pour vous faire de nouvelles robes, parce que vous n'aurez plus jamais les moyens de vous en acheter. Je vous rappelle que vous êtes ruinée, Rose. Sans les millions des campagnes de Bonaparte, sans le Directoire, vous serez tout juste bonne à retourner sur le trottoir faire le tapin.

Barras attendit une réponse qui ne vint pas. Il ajouta :

– Et ce sera moins facile qu'à votre sortie de prison parce que vous avez cinq ans de plus, ma chère. Il faudra que vous ameniez vos enfants avec vous pour attirer le chaland !

Comme mue par un ressort, la main de Rose alla gifler Barras qui tenta d'éviter le coup sans y parvenir. Le directeur caressa sa joue endolorie. Enfin une réaction ! Il prit un visage courroucé.

– Cessez ces gamineries ! Partez sur-le-champ en Bourgogne à la rencontre de Bonaparte, c'est un ordre. Et offrez-lui aussi une bonne bourre. Ça le ramènera dans vos filets.

Rose hésita un instant avant de céder.

– Très bien. J'irai. J'irai pour mes enfants.

– À la bonne heure ! À propos d'enfants, n'allez pas, dans un élan de culpabilité, lui avouer que vous ne pouvez plus en avoir. Ce serait désastreux.

– Qui est au courant ? s'inquiéta-t-elle.

– Rassurez-vous, j'ai déchiré le rapport du Dr Lemoyne. Personne d'autre n'est dans le secret.

– Et Lemoyne ?

– Envoyé en Guyane.

S'il avait bien déporté Lemoyne en Guyane, Barras avait menti sur le rapport, qu'il conservait précieusement dans son coffre personnel. On n'était jamais trop prudent.

Il enfila son luxueux manteau carmin brodé d'or qui impressionnait ses interlocuteurs - les apparences avaient toujours gouverné le monde. Mais il n'appréciait guère le vêtement : le bon goût lui aurait évité autant de fioritures et aurait limité les plumes sur le chapeau, qui le faisaient davantage ressembler à l'extrémité d'un balai qu'à un couvre-chef. Le directeur s'apprêtait à franchir la porte pour prendre congé quand un doute l'assaillit :

– Selon vous, pourquoi est-il rentré à l'improviste ?

– Certainement pour divorcer.

– Sauf votre respect, fit Barras en se rapprochant d'elle, je ne le vois pas revenir uniquement pour ça. Vous a-t-il écrit ?

– Pas depuis des semaines.

Barras était désormais tout près de Rose qui brandit son éventail comme pour se protéger. Il tenta de faire abstraction de son haleine infectée par ses dents gâtées.

– Fouché vous a donné des informations ?

– Je n'ai pas couché avec lui depuis deux mois. Je préfère limiter mes rapports avec la police.

– Que savez-vous alors ? s'exaspéra-t-il.

Rose se dégagea de son emprise et se réfugia vers la cheminée, sur laquelle trônait une pendule monumentale en forme de pyramide. Encore une folie qu'elle avait dû acheter une fortune - le mouvement avait été mis au point par l'horloger Breguet si on en croyait la signature au bas de l'objet. Une pyramide... Barras ne goûtait guère la coïncidence. Rose se retourna vers lui.

– Ce n'est un secret pour personne que le Directoire va mal et vit probablement ses dernières heures.

Elle s'approcha de lui et pointa un doigt sur sa poitrine.

– C'est *vous* que Bonaparte vient voir : Paul Barras, le plus puissant des directeurs.

– Mais pourquoi, qu'est-ce que...

– Il vient chercher sa part du gâteau ! glissa-t-elle.

Barras éclata de rire.

– La panique vous fait délirer ma chère, Bonaparte me doit tout, je...

– Ça ne l'empêchera pas de renverser votre Directoire avec son armée si bon lui semble. Vous aussi, vous allez devoir mener l'opération de séduction la plus difficile de votre vie.

L'esprit de Barras tournait à toute vitesse. Son protégé n'oserait pas se retourner contre lui. Il en avait vu d'autres : la prise de la Bastille, la Terreur... Ce n'était pas Bonaparte qui...

– Vous n'avez pas su gouverner et le peuple vous déteste, ajouta Rose. Vous avez besoin de mon mari pour redorer votre blason.

Elle minauda :

– Et donc vous avez besoin de moi. Vous devriez me parler plus gentiment. Et je vous donnerai peut-être même un conseil.

Barras tenta de retrouver son assurance : il était l'homme le plus puissant du pays. Mais Rose avait planté le germe du doute dans son esprit.

– Quel conseil ? demanda-t-il presque malgré lui.

– « S'il vous plaît », fit Rose en souriant.

– S'il vous plaît ! grogna le directeur après un temps.

Rose s'installa dans le grand canapé qu'occupait Barras quelques instants plus tôt. Elle croisa les jambes.

– Bonaparte est rentré d'Égypte sans prévenir le Directoire, n'est-ce pas ? C'est donc que sa campagne n'est pas terminée ?

– En effet. Et alors ?

– Alors réfléchissez un peu, Paul ! S'il est revenu et que son armée est toujours là-bas, c'est qu'il...

– Qu'il a déserté !

– Voilà, conclut-elle comme un professeur satisfait de son élève. Vous devriez le faire convoquer par le Directoire et le menacer de prison. Pour qu'il comprenne qui est encore le maître ici...

Barras se détendit. L'idée était excellente et c'était Rose qui l'avait eue. Barras se redressa, réajusta son habit, lissa les plis de son visage dans un sourire qu'il espérait le plus réconfortant possible.

– Allons. Je vous l'ai dit, j'ai aimé votre culot dès le premier instant. Je ne me suis pas trompé. Nous nous complétons bien. À nous deux, nous avons soumis la France. Nous devrions bien arriver à soumettre Bonaparte, n'est-ce pas ?

Rose sourit à son tour, avec cet air espiègle qu'il lui connaissait quand elle demandait une faveur.

– Alliés à parts égales alors, s'enhardit-elle.

Elle se tut un instant puis ajouta :

– Faites-moi entrer au Directoire.

Barras l'observa, interdit. Puis il éclata de rire.

– Voyons Rose, vous êtes une femme !

– Je vous serai plus utile que la plupart de vos collègues directeurs.

– Ce n'est pas demain la veille qu'une femme dirigera le pays. Soyez raisonnable. Cela ne nous empêche pas de poursuivre notre alliance, moi dans la lumière et vous dans l'ombre.

Rose se mordit les lèvres et baissa les yeux. Elle murmura :

– Ai-je au moins votre parole que mes enfants et moi ne manquerons jamais de rien ?

– Si nous restons alliés, alors oui, je vous le promets.

Rose se leva et lui tendit la main. Quelle femme ! Son désir ne pouvait plus attendre. Il se saisit des doigts tendus et l'attira brutalement à lui.

– Fêtons notre nouvelle alliance !

La serrant contre lui, il jeta son étole par terre et essaya de lui tripoter la poitrine. Rose se débattait.

– Paul, non !

Il l'emprisonnait de ses bras et tentait de la déshabiller. Rose se défendait de plus belle, répétant « Non ! » et le repoussant. Il allait parvenir à mettre une main sous sa robe quand elle réussit à se dégager.

– Enfin, Paul, reprenez-vous ! Si, après toutes ces années, vous pensez encore que je suis une fille facile, c'est que vous n'avez rien compris.

Vexé, Barras récupéra son chapeau et se dirigea vers la porte.

– Soit. Changez de vêtements et mettez quelque chose de plus affriolant, vous n'avez aucune chance de le séduire dans cet accoutrement. Changez d'eau de toilette aussi, celle-ci ne vous convient pas. Un détail pourrait tout faire rater.

Il se retourna vers elle.

– Vous partez sur-le-champ et vous me tenez informé. Je veux tout savoir des intentions de Bonaparte. Le plus dur reste à faire.

Chapitre 4

16 octobre 1799, 18 h 35
Appartements de Barras, palais du Luxembourg

La nuit était tombée depuis plus d'une heure, enveloppant la capitale d'une fraîcheur automnale bienvenue pour chasser la puanteur des immondices charriées toute la journée par l'activité frénétique des rues. Les honnêtes gens étaient rentrés chez eux, laissant la place aux aventuriers nocturnes qui prenaient possession de la ville. Les abords du palais du Luxembourg ne faisaient pas exception. Prison sous la Terreur quelques années plus tôt, l'ancien hôtel particulier construit pour Catherine de Médicis abritait désormais le siège du pouvoir : le Directoire.

À cette heure, seules brillaient encore quelques lumières au premier étage de l'aile ouest où se trouvaient les appartements de Paul Barras. Il en avait restauré chaque pièce avec goût et à grands frais, et en avait choisi chaque meuble. C'était l'une des nombreuses choses qu'il avait en commun avec Rose : l'amour du beau. Mais, ce soir-là, ce n'était pas le parquet en point de Hongrie qui obsédait le directeur, assis au bord de son lit.

Trois jours que Rose était partie à la rencontre du général. Il n'avait aucune nouvelle d'elle. S'était-elle réconciliée avec Bonaparte sur la route ? Était-elle rentrée à Paris avec lui ? *Qu'est-ce qu'elle fiche, bon sang ?*

Le pays entier n'avait plus que cela à la bouche : après avoir vaincu en Italie, le grand général était de retour d'Égypte. Le peuple s'était emparé de l'information comme si le Christ était redescendu du ciel. Débarqué à Fréjus quelques jours plus tôt, il avait traversé la France sous les vivats.

Selon ses informateurs, le général serait arrivé à Paris le matin même. *Bonaparte est à Paris*, se répétait Barras, ressassant l'avertissement de Rose qui tournait en boucle dans sa tête depuis trois jours.

Impossible de se concentrer sur sa petite gâterie. Pourtant, toute dévouée à sa tâche, Mlle Lange manœuvrait son sexe avec les gestes de l'habitude et l'amour du travail bien fait.

– Ça ne va pas, Paul ?

Le directeur secoua la tête et lui intima de continuer ses affaires sans se préoccuper de son air contrarié.

Pourquoi est-il rentré sans prévenir ?

Un peu plus tôt, Barras s'était entretenu du retour du général avec ses collègues du Directoire. Certains avaient sous-entendu que sa femme lui manquait trop ! Ces crétins n'avaient rien compris.

Bonaparte serait-il devenu incontrôlable ? Rose avait sûrement raison. Si le général revenait, ce n'était pas seulement pour répudier son épouse. Il devait avoir autre chose en tête. Pourquoi, sinon, aurait-il osé contrevenir aux ordres ? Les rumeurs de conspiration allaient bon train. Barras n'était ni aveugle ni sourd : le Directoire traversait une période de crise, accompagnée d'une défiance populaire. La situation était-elle si évidemment catastrophique qu'elle avait poussé Bonaparte, sa plus fidèle créature, à abandonner son poste, rentrer à Paris et risquer la prison ?

Comme Rose le lui avait suggéré, il avait heureusement fait envoyer le matin même une convocation officielle au domicile de Bonaparte. À cette heure, le jeune général avait forcément pris connaissance de son accusation pour désertion qui le conduirait droit en prison. Cette pensée, conjuguée aux efforts de Mlle Lange, lui fit du bien.

Qu'il tremble, qu'il en chie dans ses culottes, même. Cela lui remettra peut-être un peu de plomb dans la cervelle !

Mais Bonaparte avait le peuple dans sa poche. Et l'armée aussi. Barras frissonna. Cinq ans plus tôt, lui-même avait failli être passé au fil de la guillotine, lorsque Robespierre l'avait inscrit, avec ses amis Fouché et Tallien, sur la liste des « hors-la-loi ». Autrement dit : comparution immédiate, pas de défense possible, charrette et guillotine le jour même. Les trois accusés avaient songé à renverser l'Incorruptible. Mais s'en prendre au dictateur de la vertu était dangereux. Ils avaient tergiversé. C'était Thérésa, la maîtresse de Tallien, qui avait tout déclenché. Emprisonnée et sur le point d'être raccourcie elle aussi, elle avait écrit un simple mot à son amant : « Je meurs d'appartenir à un lâche. » Le sang de Tallien n'avait fait qu'un tour : à la Convention du 9 thermidor an II, il avait brandi un poignard et appelé à l'arrestation de l'Incorruptible. Prudemment, Barras était resté en retrait, le temps de voir dans quelle direction soufflerait le vent, avant d'apporter son soutien à cette motion lorsque son adoption n'avait plus fait de doute. Dans la nuit, Robespierre avait fui. Réfugié à l'Hôtel de Ville, paralysé par la panique, le tyran avait toutefois encore les moyens de soulever le peuple. Mais il avait hésité et cela lui avait été fatal. Barras avait lancé l'assaut du bâtiment. Le fuyard avait bien tenté de se suicider au pistolet mais n'avait réussi qu'à se fracasser la mâchoire. Barras l'avait arrêté et conduit aussitôt à la guillotine, devenant ainsi le tombeur officiel de Robespierre. C'était ce qu'il savait faire de mieux : rester prudent puis s'approprier les victoires des autres au bon moment et à moindre coût. De cet épisode, il avait retenu deux leçons : hésiter était dangereux, et être incorruptible ne servait à rien.

Au souvenir de sa quasi-décapitation, sa virilité vacilla. Mlle Lange redoubla d'efforts.

Barras n'avait pas accepté son sort. Non, et de condamné à mort, il s'était hissé au rang suprême de directeur.

Il laissa échapper un sourire que la jeune femme sembla prendre pour un encouragement. Las, le temps d'un battement de paupières, l'image de la tête couleur plâtre de Robespierre, ensanglantée dans le panier, se superposa à celle de la jeune femme. Le sexe de Barras déclara forfait.

– C'est fini pour aujourd'hui.

– Paul, qu'est-ce que...

– Reviens demain à la même heure.

Demain, à la même heure, après son audition devant le Directoire, Bonaparte lui mangerait dans la main et mettrait à son service les forces qui lui manquaient pour rester au pouvoir. Barras pourrait à nouveau faire honneur aux services de Mlle Lange. Celle-ci s'inclina et disparut par la porte de service.

Le directeur quitta sa chambre et se dirigea vers la table qui trônait au centre de sa fastueuse salle à manger personnelle. Les cuisiniers avaient préparé un velouté de volaille, un assortiment de viandes rôties et en sauce, ainsi que du saumon à la crème – à quoi bon être assis au sommet de l'État si on n'a pas la plus belle table du pays ? Barras attrapa un morceau de veau et l'engouffra tout entier, comme brutalement saisi d'un besoin de se remplir. Il le recracha aussitôt. Ses cuisiniers s'étaient-ils aussi ligués contre lui ?

Il essuya ses mains graisseuses sur la nappe et avisa un exemplaire fraîchement imprimé de la *Gazette de France*, posé sur un petit guéridon en bois laqué. Des titres désagréables s'étalaient au fil des colonnes.

« Rien n'égale la joie que répand le retour du général Bonaparte. C'est le seul événement qui depuis longtemps ait rallumé l'enthousiasme populaire. » Quelles couillonnades ! Il fit claquer sa langue puis reprit sa lecture : « Après quatre années de campagne victorieuse en Italie et en Égypte, le Sauveur de la nation est de retour ! »

Il jeta le journal sur le guéridon et se saisit du soufflet pour raviver le feu dans la cheminée. Le bois s'embrasa, projetant des ombres inquiétantes sur les murs tapissés de velours. Même son propre portrait - monumental comme il se devait pour un personnage de son importance - se para un instant d'atours funestes.

Sombre, Barras balaya du regard les tableaux accrochés dans son salon - tous à la gloire de la Révolution et du Directoire. Sa place était là : au centre de l'Histoire. Et il ne permettrait à personne de la lui voler. Pourtant, Rose avait sûrement raison. *Bonaparte a senti le vent tourner. Il vient chercher sa part du gâteau.*

– Peut-être même *ma* part, laissa-t-il échapper.

Une bouteille de champagne reposait dans un seau à glace. Il en remplit une coupe jusqu'à manquer de la faire déborder et en siffla le contenu. Il lui restait encore quelques heures. Quelques heures pour préparer l'audition de Bonaparte du lendemain - quelques heures pour affûter ses lames, pour choisir ses meilleures cartes. Pour ramener son poulain à l'écurie.

Quelques heures. Il en aurait bien besoin. Si seulement il avait des nouvelles de Rose d'ici là !

Il souffla. Le champagne lui éclaircissait les idées, comme si le couvercle de nuages noirs au-dessus de lui se fissurait enfin. Il se servit un deuxième verre, qu'il leva cette fois en direction des flammes comme pour trinquer avec elles.

– Tu ne sais pas ce qui t'attend, général ! Tu n'imagines tout de même pas qu'il suffit de débarquer ici à l'improviste pour me chasser... Pondichéry, la Révolution, la Terreur... La Camarde m'a souri plus d'une fois ! Mais je suis toujours là !

Le directeur commençait tout juste à se détendre. Oui, il viendrait à bout de cette épreuve, comme il était venu à bout de toutes les autres. Car il était bien plus qu'un homme puissant - le pouvoir seul n'immunisait pas son détenteur contre la fourche, le canon ou la trahison. Non, il était mieux que cela : il était un *survivant*. Son regard se posa de nouveau sur le journal étalé sur le guéridon.

– « Sauveur de la nation », ricana-t-il.

Une voix rocailleuse et fatiguée, au fort accent corse, s'éleva derrière lui.

– Je vous remercie pour ce beau compliment.

Le cœur battant, Barras fit volte-face.

Debout devant lui, vêtu d'une redingote olive et coiffé de son célèbre bicorne, Napoléon Bonaparte arborait à la taille un sabre arabe, attaché par un cordon de soie. Sans détacher son regard du directeur, il se contenta de lever le poing dans lequel il tenait une lettre chiffonnée.

Sa mine sombre laissait augurer du pire.

Chapitre 5

16 octobre 1799, 18 h 50
Appartements de Barras, palais du Luxembourg

Sidéré, Barras observa Bonaparte à la lumière des flammes, incapable de savoir si le général se trouvait véritablement face à lui ou si un spectre avait fait irruption au Luxembourg. C'était bien lui, en chair et en os. Barras réprima un frisson. Les vêtements du militaire étaient froissés comme s'il sortait du lit, usés et poussiéreux comme ses mains fripées par le soleil. Il n'avait visiblement pas pris le temps de se raser : une ombre sinistre lui mangeait les joues. Barras reconnaissait à peine le jeune homme qu'il n'avait pas vu depuis près de deux ans. Seul le regard, dans lequel se mêlaient fatigue, mélancolie, feu et orage, confirmait qu'il s'agissait bien du Bonaparte qu'il avait envoyé en Égypte. Qu'est-ce qu'il foutait là ? Le directeur avait donné à son valet l'ordre de ne laisser entrer personne.

– Co... comment êtes-vous entré ? s'étrangla-t-il.

Bonaparte desserra les mâchoires comme si le geste lui demandait un effort surhumain et désigna le papier qu'il tenait entre ses mains.

– Qu'est-ce que c'est que ça ?

Barras plissa les yeux. La convocation que le Directoire avait envoyée au domicile du général. Bonaparte l'ayant reçue à la mi-journée avait dû la ruminer toute l'après-midi avant de se résoudre à lui rendre visite. Napoléon savait écouter ses tripes, c'était ce qui avait plu à Barras dès leur première rencontre. En mentor, il avait tenté de lui apprendre à retenir l'élan que lui donnait cette énergie brutale et qui pouvait parfois se retourner contre lui.

– Votre convocation, j'imagine ? dit le directeur d'une voix neutre, bien décidé à ne plus trahir la moindre émotion en attendant que Bonaparte révèle ses intentions. Comme tout le pays, le Directoire a eu vent de votre retour, disons... prématuré. Il a donc jugé bon de vous entendre dès demain sur les raisons qui vous ont poussé à abandonner votre poste en Égypte.

Bonaparte referma furieusement le poing sur la lettre, la roula en une boule bien tassée et l'envoya brûler dans la cheminée. Les flammes léchèrent aussitôt le papier, qui disparut dans un chuintement. Barras se retint de sourire. Tout général qu'il était, c'était encore ce gamin colérique qu'il avait connu six ans plus tôt.

– C'est de désertion qu'on m'accuse ! s'emporta Napoléon. Moi ! Moi, celui que la nation acclame !

Barras connaissait suffisamment son protégé pour savoir qu'il valait mieux ne pas attiser sa fureur. Les choses pouvaient vite dégénérer avec Bonaparte. Le directeur leva les mains en signe de paix et se saisit d'une carafe de vin rouge.

– Je présume que vos habitudes vous portent toujours vers le chambertin ?

Il tendit un des verres à pied en cristal à Napoléon. Telle une bête effarouchée, le militaire hésita un temps avant de l'accepter... Barras se tourna alors vers le grand portrait qui le représentait en costume d'apparat et lança :

– Portons un toast à la gloire de la France, du Directoire et de son chef !

Bonaparte hésita, fit un vague signe et vida son verre d'un trait. Barras fronça les sourcils. Le général était un buveur modéré, n'abusant jamais de l'alcool, et d'ordinaire bien trop méfiant pour baisser la garde. Ce soir, il avait la main tremblante de ceux qui n'en sont pas à leur premier verre.

– Vous vous souvenez ? demanda soudain Bonaparte en désignant la petite porte par laquelle il était entré. Vous m'aviez introduit par ce passage secret pour préparer la répression de l'insurrection à Saint-Roch.

– Pourquoi diable ne vous êtes-vous donc point présenté à la grande porte, comme tout visiteur respectable ? gronda Barras. Pénétrer chez moi par effraction...

Napoléon afficha un sourire torve.

– J'avais besoin de vous voir dans l'intimité. Surtout après cette convocation... Je suis donc passé par là où vous faites entrer discrètement vos favorites et favoris. J'ai d'ailleurs croisé le chemin d'une demoiselle... Rassurez-vous, il faisait sombre. Je constate que vous avez toujours autant d'amis, citoyen directeur.

Bonaparte se rembrunit.

– Mais je vois bien qu'après quatre ans passés loin de France je n'en fais plus partie, conclut-il.

– Bien sûr que si, éluda Barras sur un ton diplomatique. C'est juste que... personne ne vous attendait à Paris de sitôt. J'ai appris votre débarquement à Fréjus il y a trois jours ! Vous êtes rentré bien précipitamment.

Bonaparte, le front soucieux, se rapprocha du directeur. Ses colères étaient des ouragans, mais elles pouvaient passer aussi vite qu'elles étaient arrivées.

– À marche forcée, dit-il, je suis arrivé à Paris à six heures ce matin.

Il dépassa Barras pour aller se réchauffer les mains devant la cheminée. Le directeur sentit un effluve aigre lui monter aux narines et grimaça.

– Vous n'avez même pas pris le temps de vous laver.

– Je voulais vous présenter mes hommages le plus vite possible, ironisa Bonaparte. J'ai pris la journée pour réfléchir à votre convocation. J'aurais pu venir vous visiter plus tôt... mais j'ai pensé qu'attendre la tombée de la nuit serait une meilleure idée.

Barras leva son verre à la santé du général et but à son tour.

– J'ai entendu dire que vous aviez eu bon accueil sur la route.

Napoléon se retourna. Son visage s'éclaira, comme si les flammes qu'il venait de fixer s'étaient imprimées dans ses prunelles.

– Jusque chez moi, Barras... Les allées étaient noires de monde. On criait : « Vive Bonaparte ! Vive la République ! » Vous auriez dû voir ça...

Barras se força à sourire.

– Dès que j'ai su que vous étiez en France, j'ai fait en sorte que vous soyez accueilli triomphalement.

L'hypocrisie était devenue une seconde nature chez le directeur. Bonaparte n'en perçut rien.

– On m'a même rapporté qu'il y a deux jours la représentation avait été interrompue au Théâtre-Français pour annoncer la nouvelle de mon arrivée !

Barras se renfrogna. Il se trouvait au théâtre ce soir-là, pour y voir jouer *Le Tartuffe*. Il était venu admirer une charmante brune aux boucles folles, Mlle Mars, spécialiste des rôles d'ingénue, dans le rôle de Marianne. Ses formes voluptueuses et son décolleté pigeonnant l'avaient convaincu d'en faire sa maîtresse. L'enchantement avait été rompu par le régisseur qui avait fait irruption sur scène pour informer l'auditoire du retour de Bonaparte. La salle s'était levée comme un seul homme et avait applaudi pendant de longues minutes. Et voilà que ce prétentieux venait s'en vanter.

– Croyez l'ancien soldat qui a l'honneur de vous parler, professa Barras. Moi aussi, j'ai connu des marches victorieuses où l'on ressent une puissante supériorité. Prenez garde au revers de la médaille qui vous envoie dans la boue. Vous courez au-devant de graves ennuis...

Mais Napoléon semblait avoir oublié sa convocation. Transfiguré, il paraissait désormais n'écouter plus que lui-même et les échos de sa gloire neuve qui trompétaient sous son crâne.

– À Avignon, la foule était immense ! L'air a retenti d'acclamations, et on entendait crier : « Vive Bonaparte ! » J'aurais aimé que vous puissiez voir ça... Et à Valence, à Lyon, à Chalon... à Nevers encore hier, la population hurlait de joie jusque tard dans la nuit ! Les...

À l'énoncé du trajet de Bonaparte, le directeur sourcilla.

– Vous êtes rentré par Nevers ? Tout le monde vous attendait par la Bourgogne.

Barras s'en voulut aussitôt de n'avoir pas su mieux dissimuler son trouble. Mais Bonaparte ne releva pas le fugace éclair d'inquiétude qui avait traversé le directeur :

– À Lyon, la population était tellement exaltée, c'en était trop pour moi... J'ai préféré arriver incognito à Paris en rentrant par le Bourbonnais plutôt que la Bourgogne.

Qu'est-ce qui lui a pris d'improviser un autre itinéraire ? Et Barras qui avait indiqué à Rose d'emprunter la route usuelle de Troyes pour l'intercepter ! Avait-elle seulement pu le croiser ?

Merde...

Furieux de s'être laissé surprendre, le directeur s'assit à table et enfourna une grande bouchée de viande en sauce tandis que Bonaparte déroulait le fil de son récit. Barras ne l'écoutait plus que d'une oreille distraite. Il l'observait, tentant de décrypter le comportement étrange de son protégé. Bonaparte avait rapidement posé sa main sur son sabre sans parvenir à dissimuler qu'elle s'était de nouveau mise à trembler. *Quelque chose ne va pas.*

– ... Même dans le Bourbonnais, ils étaient des milliers à m'acclamer. Les postillons avaient orné leur chapeau de rubans tricolores. Il y avait des drapeaux identiques aux croisées des maisons, sans compter...

– Ça va, j'ai compris, l'interrompit le directeur un peu plus brutalement qu'il ne l'aurait voulu - ces vantardises l'exaspéraient.

Le général se tut et lui décocha un regard noir, comme aux abois.

– Le Directoire a été surpris d'apprendre votre débarquement à Fréjus, cingla Barras. Aucune permission ne vous a été donnée de quitter votre armée en Égypte.

– Ma présence n'était plus nécessaire, répondit Bonaparte du tac au tac.

Le directeur frappa la table du poing.

– Ce n'était pas à vous d'en décider ! Qui commande là-bas ?

– Kléber, dit Napoléon sans se démonter. Il est doué du plus grand talent et il saura me remplacer, j'en...

– C'est au Directoire d'en juger ! Au Directoire ! Et donc à moi... Vous ne semblez pas mesurer la colère de mes pairs. Les directeurs fulminent. Ils se demandent par quel prodige vous avez pu rentrer en France, avec tous ces Anglais qui quadrillent la Méditerranée.

Bonaparte sourit, affichant toute la fierté du bon élève qui, face à un professeur sévère, serait sur le point de donner la solution d'un problème insoluble.

– C'est vrai, dit Napoléon en bombant le torse. La mer était cadenassée par les escadres anglaises ! Nous avons quitté Alexandrie dans le plus grand secret, répandant derrière nous des rumeurs, et manœuvrant en de longs détours pour les éviter... Vous auriez été fier de moi !

L'expression de Bonaparte était devenue soudain enfantine.

– Que vous ayez pu franchir leurs lignes sans encombre relève du miracle, siffla Barras sur un ton suspicieux.

Bonaparte se raidit.

– À moins, bien sûr, ajouta-t-il, que les Anglais n'y aient trouvé un intérêt...

Bonaparte demeura un instant interdit, à la plus grande satisfaction de Barras : le visage défait du général réparait à merveille la représentation de théâtre gâchée deux jours plus tôt.

Bonaparte se mit à faire les cent pas dans la salle à manger, les mains croisées dans le dos. Barras ne savait que trop bien ce que cela voulait dire : le général était fébrile, soucieux ou en colère. *Peut-être même les trois...*

– Enfin, vous n'osez tout de même pas me soupçonner de trahison ! J'ai défendu la France dans les contrées les plus lointaines. En son nom, j'ai restructuré l'Égypte, chassé les mamelouks, fortifié le Nil, installé un officier supérieur à la tête de chaque province, organisé...

Barras se composa une allure martiale pour l'interrompre.

– À quel prix, citoyen général ? Exécutions spectaculaires, centaines de têtes coupées en public, pillages de camps, j'en passe !

Napoléon fusilla le directeur du regard.

– L'ennemi n'a jamais peur de celui qui fait semblant. Vous vous êtes absenté des champs de bataille trop longtemps. Les nécessités de la guerre vous sont devenues étrangères.

– Vos troupes n'ont cessé de tuer qu'une fois épuisées à force de massacrer. Les femmes, les enfants, personne n'a été épargné en Syrie.

Le général interrompit ses va-et-vient et tira une chaise pour s'y asseoir. Il lorgna un instant sur la carafe de chambertin. *Encore ?*

– Je devais frapper les esprits, dit-il en observant le bois crépiter dans la cheminée, le regard fixe. Les peuples doivent obéir. Et obéir, c'est craindre. L'intimidation fait partie de la guerre. Trop de bureaucratie vous aura ramolli.

– Surveillez votre ton, citoyen général. Je serai autrement dans l'obligation de vous congédier. Intimider n'est pas massacrer. Et vos prisonniers, était-il indispensable de les exécuter ? Trois mille hommes, Bonaparte... Sans parler de la population de Jaffa que vous avez abandonnée, les Turcs l'ont exterminée...

– Vos informateurs ont mal travaillé. Il ne s'agissait point de la population, mais des seuls pestiférés, à qui j'avais fait donner de l'opium. On ne pouvait pas s'en approcher.

– Et nos propres blessés ? Était-il utile de les achever ?

Napoléon redressa le menton et planta son regard dans celui du directeur. De ce corps sale, nerveux et meurtri transpirait pourtant une fierté corse inextinguible.

– Nos blessés étaient encombrants, se justifia Bonaparte. Un homme d'État ne peut se permettre d'être sentimental. Ce n'est pas à vous que je vais apprendre que la politique n'a pas de cœur, elle n'a que la tête.

– Vous répondrez demain de vos actes de cruauté devant le Directoire.

Bonaparte accusa le coup.

– Ces calomnies me peinent, citoyen directeur, je croyais avoir l'honneur d'être votre général préféré.

Comme pour accompagner sa réponse, il se leva brusquement pour filer à la cheminée.

– Il fait si froid ici, marmonna-t-il en se frottant les mains. Maudit climat !

Bonaparte cachait quelque chose et Barras avait la confuse sensation de tourner autour sans parvenir à l'identifier.

– Tout ce qui est arrivé de fatal à nos troupes en Égypte n'a été que représailles des traitements affreux que vous avez infligés aux malheureux indigènes de ce pays.

– Qu'est-il arrivé de fatal ? Nous avons remporté de glorieuses victoires à Cana, au mont Thabor, à Nazareth...

– Et Saint-Jean-d'Acre ?

– Ne me parlez pas de Saint-Jean-d'Acre ! s'emporta Bonaparte en donnant un coup de botte dans une bûche qu'il envoya dans la cheminée. J'ai manqué mon destin là-bas.

Le directeur admira le spectacle des étincelles soulevées par le mouvement d'humeur de son général. Rien de plus aigri qu'un Corse chahuté dans son orgueil. Barras remua le couteau dans la plaie.

– Étonnamment, cet épisode n'est pas mentionné dans les dépêches élogieuses dont vous n'avez cessé d'abreuver les journaux. Le Grand Général - « le Conquérant de l'Orient », comme vous vous faites appeler - s'est laissé arrêter par un amiral anglais et un petit pacha à Saint-Jean-d'Acre.

– La place est imprenable, marmonna Bonaparte, tête basse. Ravitaillée depuis la mer par la flotte anglaise...

– Vaincre la flotte anglaise et bloquer la route des Indes étaient pourtant les principaux objectifs de votre campagne. C'est aussi pour cela que le Directoire vous a convoqué demain.

– Enfin, citoyen directeur, vous savez bien que ma campagne n'était pas que militaire : les effets de nos conquêtes sur la civilisation et sur le commerce sont incalculables. Interrogez les savants qui ont voyagé avec moi !

Barras haussa les épaules. Il connaissait son Napoléon par cœur : il n'ignorait pas à quel point le Corse aimait impressionner les militaires moins érudits en s'entourant de scientifiques ; et dans le même temps, dominer ces savants par son prestige militaire. Bonaparte avait des choses à prouver au monde et ne cessait jamais de le faire. Mais ce n'était pas sur ce terrain que Barras avait envie de l'entraîner.

– Vous vous êtes échappé en abandonnant vos hommes. En désertant !

Napoléon se retourna dans un vent de tempête.

– Je n'ai pas déserté !

– Le Directoire en jugera demain. Et croyez-moi, les quatre autres directeurs ne sont pas bien disposés à votre égard !

Les deux hommes se firent face en silence pendant une poignée d'interminables secondes. Barras attrapa la carafe pour servir Napoléon. Mais celui-ci posa la main sur son verre pour l'en empêcher. À nouveau, Barras nota ses tremblements. Pas de doute, quelque chose clochait. Pris d'une intuition, Barras se risqua à changer de sujet.

– J'imagine que Mme Bonaparte vous a également mis en garde en vous accueillant ce matin ?

Napoléon déglutit à grand-peine. À l'évocation de Joséphine, son regard s'était voilé.

– L'avez-vous vue tantôt ? articula-t-il dans un souffle rauque.

Barras connaissait ce regard. Ce n'était plus celui d'un militaire en colère, mais celui d'un gamin terrifié à l'idée de perdre sa mère.

– Pas depuis quelque temps, mentit le directeur. Pourquoi, que vous a-t-elle dit ?

Bonaparte s'ébranla. Incapable de rester en place, il recommença à faire des va-et-vient entre la cheminée et la porte de service, les mains dans le dos. Barras leva les yeux au ciel.

– Par l'enfer, arrêtez ce manège et racontez-moi ce qui vous trouble ! Je le vois bien depuis tout à l'heure, vous ne cessez de trembler. Vous dites avoir froid, mais votre front est couvert de sueur. Je vais finir par me demander si vous n'avez pas rapporté une mauvaise fièvre de vos voyages...

Napoléon s'immobilisa, comme frappé par la foudre. Puis il retira sa redingote et déposa son bicorne sur un guéridon. Sans ses attributs, le glorieux Sauveur de la nation paraissait débraillé avec ses cheveux non poudrés et sa figure olivâtre et amaigrie. *Un gamin en mauvaise santé.*

Barras se leva et alla poser un bras amical sur l'épaule de son protégé : n'était-ce pas le rôle d'un ami que de consoler une âme en peine qui lui ouvrait son cœur ?

– Ah, Barras, finit par gémir Napoléon, je ne vais pas vous mentir ! Je suis désespéré.

Bonaparte s'effondra dans un fauteuil.

– Vide, Barras, bredouilla-t-il. Quand je suis rentré ce matin, la maison était vide. Joséphine est partie... Elle m'a quitté.

Le pouls du directeur s'emballa. Il fit un effort pour garder la maîtrise de sa respiration et n'en rien laisser paraître. Voilà la clé qui lui manquait ! Rose, partie sur une autre route, n'avait jamais croisé le chemin de Bonaparte. Elle n'était pas non plus revenue à leur domicile pour l'y retrouver, et c'était cela qui avait plongé le général dans le désarroi. Napoléon était désormais convaincu que la femme dont il était éperdument amoureux l'avait abandonné pour un autre ; alors qu'ils s'étaient tout bêtement ratés !

Barras passa derrière le fauteuil de Bonaparte et posa affectueusement ses mains sur ses épaules pour le consoler.

J'ai enfin découvert ce qui s'agite dans ta tête, Sauveur de la nation ! jubila silencieusement le directeur. Pour quelques heures sans doute, il détenait un atout maître dans la partie qui s'annonçait.

Le chien fou acclamé par le peuple lui mangerait bientôt dans la main.

Chapitre 6

16 octobre 1799, 6 h 25
Hôtel Bonaparte, rue de la Victoire

Le soleil ne s'était pas encore levé sur Paris. Pourtant, le cortège, composé de plusieurs voitures escortées par des soldats, avait été rapidement cerné par une foule dense, tant l'excitation enflait depuis son entrée dans la capitale.

– Gloire à Bonaparte ! hurlait le peuple des rues. Gloire au citoyen général !

Les acclamations avaient donné le vertige à Napoléon. De Fréjus à Paris, son nom avait été scandé avec tant de passion que la tête lui en tournait. Sa popularité était à son zénith. Lui qui était resté si longtemps loin de France... *J'aurais dû rentrer plus tôt !*

Le blocus anglais avait été terriblement efficace en Égypte, ralentissant l'arrivée des nouvelles en provenance de France. Ce n'est qu'après sa victoire à Aboukir, en juillet, que Bonaparte avait enfin mis la main sur les stocks de journaux bloqués par l'ennemi. Au fil des pages, il avait lu les oppositions grandissantes au Directoire, suspecté de corruption galopante.

Dans sa tente, Bonaparte avait jeté rageusement les gazettes au sol. Il n'avait avoué à personne la révélation qu'il avait eue au soir de sa victoire improbable sur le pont de Lodi, durant sa campagne précédente, en Italie. Il avait déjoué tous les pronostics par son courage et son habileté. Cette nuit-là, sa bonne étoile s'était manifestée : il était promis à un destin exceptionnel. Et le sacrifice de son cher Muiron quelques mois plus tard sur un autre pont, celui d'Arcole - Muiron qui s'était jeté devant lui pour prendre le boulet qui lui était destiné -, l'avait confirmé. *Un destin exceptionnel.*

À son retour d'Italie, dix-huit mois plus tôt, il avait étudié la situation politique. Les Français n'avaient toujours pas récupéré de la Terreur. Le Directoire leur promettait une insouciance dont ils avaient besoin. Le gouvernement avait de beaux jours devant lui. *La poire n'est pas encore mûre*, avait-il analysé.

Moins de deux ans plus tard, la lecture des journaux saisis à Aboukir ne laissait aucun doute. Le moment était venu. Mais il était coincé en Égypte. Il avait fallu attendre le 23 août pour quitter Alexandrie et faire des détours considérables pour échapper aux navires anglais. Tout ce temps perdu risquait de faire échouer l'aboutissement de quatre années de campagne !

En débarquant en France quelques jours plus tôt, Bonaparte avait été surpris par l'ampleur de l'accueil triomphal que la population lui avait réservé. Cela suffirait-il à rattraper son retard sur l'échiquier politique ? Les renseignements qu'il avait obtenus indiquaient que le Directoire, plus affaibli que jamais, était toujours en place. De nombreux complots semblaient se préparer à le renverser. C'était maintenant que tout allait se jouer.

Le convoi qui le ramenait à son domicile avait péniblement réussi à progresser jusqu'à la rue de la Victoire. Il bomba le torse. À moins de trente ans, il comptait déjà une rue rebaptisée en son honneur ! Arrivés là, l'euphorie populaire les avait contraints à ralentir puis à s'arrêter. Son aide de camp avait passé la tête par la fenêtre.

– On ne peut plus avancer, mon général ! Il faut descendre.

Napoléon avait grogné. Il restait cent bons mètres à parcourir jusqu'à l'allée qui conduisait à son hôtel. Cent mètres où il lui faudrait affronter cette masse compacte qui s'était agglutinée en espérant le toucher, lui parler, lui donner l'accolade... Il comprenait mieux pourquoi les rois avaient décrété leur corps sacré et inviolable.

– Nous allons ménager un couloir, avait aussitôt annoncé Berthier, son chef d'état-major. Soldats !

Les vivats avaient redoublé à sa descente de voiture. Tel Moïse fendant la mer, il s'était avancé, bousculé de toute part, craignant à chaque moment que les flots se referment sur lui. Berthier avait fait son possible pour l'épargner jusqu'à sa propriété.

– Dois-je vous accompagner à l'intérieur ? avait demandé Berthier.

Bonaparte avait secoué la tête.

Il voulait y aller seul, et régler ses comptes avec *elle*. Enfin.

Durant son voyage de retour, il avait imaginé toutes les manières dont pourrait se dérouler leur entretien. Il la gronderait pour ses infidélités, menacerait de la répudier, et elle se traînerait à ses pieds, le suppliant à genoux, lui, le grand guerrier victorieux. Il avait pénétré dans le vestibule puis dans la salle à manger, déserts.

– Joséphine ?

Silence. C'était la première chose qui l'avait saisi. Le calme contrastait bien sûr avec l'agitation du dehors. Mais il était inhabituel : avant son départ, la maison bourdonnait toujours d'activité. Là, seul le grincement du parquet sous ses bottes résonnait à ses oreilles. Les portes du grand salon étaient ouvertes.

– Joséphine ! avait-il encore appelé. Joséphine !

Il s'était figé, les sens en éveil. Mais rien n'avait bougé. Le silence.

– Oh ! Monsieur est rentré ? s'était alors exclamée une voix dans son dos.

C'était Étienne, venu à sa rencontre pieds nus et encore en chemise de nuit. « Madame est sortie », avait-il expliqué, rouge de confusion. Napoléon l'avait bombardé de questions mais le pauvre Étienne ignorait où elle était.

Napoléon s'était mis à arpenter la maison, à inspecter toutes les pièces. Au premier, les cendres étaient froides dans la cheminée de la chambre. Joséphine n'avait pas passé la nuit ici. *Elle découche ! Le jour de mon retour, après deux ans d'absence !*

Alors il avait attendu dans le grand salon, fulminant de rage.

Une heure, et puis une autre. Elle paierait cher son retard.

Il gardait les yeux rivés sur l'horloge en forme de pyramide qui trônait sur la cheminée. Encore une folie de sa femme ! Les pyramides, les vraies, il les avait côtoyées de près, lui. À mesure que le mécanisme mis au point par Breguet égrenait les heures, une désagréable idée avait fait son chemin : ne s'agissait-il que d'un simple retard ? Jamais il n'avait envisagé que la discussion tant répétée puisse tout simplement ne pas avoir lieu, faute d'interlocutrice.

– Ça ne vous ressemble pas de boire avant le dîner, avait soupiré Étienne quand il lui avait demandé d'aller chercher une bouteille de chambertin à la cave – ce à quoi il lui avait répondu de se mêler de ce qui le regardait.

Puis la colère avait laissé place à l'incompréhension : pourquoi était-elle partie sans informer personne ? Le vin avait un temps calmé ses craintes. La matinée passant, il avait pourtant fini par se rendre à l'évidence : Joséphine ne reviendrait pas pour déjeuner.

Et si elle ne revenait plus jamais ?

Sur les coups de midi, un coursier du Directoire était venu lui porter une convocation. Décachetant l'enveloppe, il s'était contenté d'étouffer un rire grinçant. Stupide tentative d'intimidation ! Décidément, le Directoire ne se privait d'aucune ruse, y compris les plus méprisables, pour essayer de le tenir en respect. Il règlerait ça plus tard. Car pour l'heure, son esprit était ailleurs.

Où est Joséphine ?

La seule pensée qu'elle pouvait passer du bon temps, au même moment, dans un salon ici ou là, au bras d'un jeune aristocrate ou, pire, sous ses draps… Le tableau lui donnait la nausée. La colère, puis la crainte avaient laissé place au désespoir, ce désespoir si familier depuis quatre ans.

Barras, avait-il alors murmuré en relisant la convocation.

Lui, il saurait, forcément.

Chapitre 7

16 octobre 1799, 19 h 15
Appartements de Barras, palais du Luxembourg

– Joséphine m'a quitté, répéta Napoléon. Elle est partie.

Il prit sa tête dans ses mains, lestée par la tristesse.

– Que diable me contez-vous là ? gronda Barras. Êtes-vous encore sous l'influence du sphinx pour parler ainsi par énigmes ?

– Joséphine n'était pas là... Elle m'a abandonné. Sans elle, sans... son amour... il n'est pour moi ni bonheur ni vie !

La présence chaleureuse de Barras dans son dos le réconfortait. C'était son mentor, son protecteur, il l'aiderait, comme toujours. Mais le directeur lâcha ses épaules et se planta devant lui, le regard dur - celui d'un père déçu.

– Voyons, citoyen général ! Je vous ordonne de retrouver immédiatement la retenue qui sied à votre grade.

Napoléon sentit les pointes de l'orgueil le transpercer. Il ne devait en effet pas avoir fière allure. Tant pis. Il fallait qu'il sache.

– Dites-moi où elle est, vous qui avez toujours réponse à tout. Je vous en conjure, Barras ! Mon sang brûle ! C'est le dernier jour de ma vie !

Barras haussa les épaules.

– Mon pauvre ami, ce sera effectivement le cas demain, quand le Directoire vous jugera coupable de désertion !

Le grand salon du directeur était plus étouffant que tous les déserts d'Égypte. Mais maintenant qu'il s'était déchargé de son fardeau, Napoléon comptait bien tirer l'écheveau jusqu'au bout.

– Vous la connaissez mieux que personne. Vous devez bien savoir où elle est !

– Puisque je vous dis que non ! s'irrita Barras. Elle finira bien par rentrer quand elle aura terminé ce qu'elle a à faire.

Les bûches fraîches craquèrent dans l'âtre. Un frisson traversa Bonaparte. *Ce qu'elle a à faire. Encore !*

– Qui est cet amant qui absorbe tous ses instants ?

– Il est vrai qu'elle les a collectionnés, fit Barras avec un sourire.

Ses amants. Autant de poignards qui déchiraient le cœur de Napoléon. Mais il avait besoin de savoir. Barras continua :

– Le général Kléber - vous savez, celui que vous avez laissé ou plutôt, devrais-je dire, *abandonné* en Égypte - prétend que celui qui est à plus de six pouces de distance de sa femme doit en prendre son parti et en supporter les conséquences. Un philosophe, ce Kléber. Il semblerait qu'il ait plus de plomb dans la cervelle que vous, et qu'il sache mieux séparer sa vie privée du reste.

– Au milieu des affaires, à la tête des troupes, dans les camps... Joséphine occupe mon esprit, absorbe ma pensée, reconnut Napoléon.

– Justement, c'est fâcheux.

Barras se dirigea vers la table et, d'un geste délicat, se versa une rasade de vin blanc. Son verre se para de reflets dorés qui dansèrent à la lumière du feu.

– Je vous sers un petit sauternes ? Il est excellent, et je suis sûr que...

– Faut-il toujours passer les nuits ensemble dans un ménage pour ne pas devenir étranger ? Suis-je resté trop longtemps en Égypte ?

– Tenez, goûtez plutôt ces huîtres, fit joyeusement Barras. J'ai fait une étonnante découverte : elles s'accommodent parfaitement avec le sauternes ! Lorsque j'en ai parlé à...

– Que vais-je faire sans elle ? le coupa encore Bonaparte.

Le directeur soupira et leva les yeux au ciel. Avec humeur, il avala son huître dans un répugnant bruit de succion.

– Enfin Bonaparte, je ne vous apprends rien : avant de vous rencontrer, Mme de Beauharnais a vécu avec des généraux, leurs aides de camp et même parfois... de simples conscrits. En l'épousant, vous saviez à qui vous aviez affaire.

Une crampe contracta l'estomac de Napoléon. Il n'avait certainement pas besoin qu'on lui rappelle qui était sa femme, et surtout pas maintenant.

– En l'épousant, se défendit-il, j'ai surtout cru que tout ça était fini et qu'elle ne recommencerait plus.

Barras s'empara d'une huître et poursuivit sa dégustation.

– Vous imaginiez vraiment que Joséphine se plierait à la discipline du mariage ? Les gens ne changent pas, Bonaparte, ils restent toujours les mêmes, et chien n'est jamais devenu chat.

– Après tout ce que je lui ai pardonné, j'étais en droit d'attendre une meilleure conduite !

– Voyons, si les femmes mariées n'avaient pas d'amants, comment les hommes comme nous trouveraient-ils leurs maîtresses ?

Son mentor ne comprenait décidément rien. Les autres femmes ne l'intéressaient pas. Seule Joséphine lui importait, uniquement Joséphine. Il releva la tête.

– La frivolité m'attire moins que vous. Je n'en ai ni le temps ni le loisir. Je n'ai pas connu une enfance dorée, moi. Des soucis ont gâté mes jeunes années ; ils m'ont rendu grave avant l'âge.

Il soupira et ajouta :

– Un grand homme ne doit avoir ni cœur ni couilles.

Barras secoua la tête.

– Ah ! Bonaparte, Bonaparte, toujours votre côté premier de la classe coincé !

Napoléon n'aurait toléré de personne qu'on lui fasse ainsi la leçon. Pas même de son père, un dandy falot que la maladie avait emporté jeune, laissant la famille sans le sou. Un faible qui avait trahi l'idole de son enfance, le général indépendantiste Pasquale Paoli. Adolescent, Napoléon aurait été fier que Paoli soit son père adoptif. Mais « le Babbu » de la nation corse les avait trahis à son tour et les avait contraints à quitter l'île. C'est en France que Napoléon avait rencontré Barras, à la fois député et militaire, un homme solide et courageux. Il l'avait tout de suite admiré. Bien davantage que son faible père, bien davantage que le traître Paoli. Barras lui avait donné sa chance à Toulon, l'avait protégé après la chute de Robespierre, lui avait confié l'armée d'Italie puis permis l'expédition d'Égypte. Oui, lui seul pouvait se permettre de lui parler aujourd'hui sur ce ton, surtout après quatre années de campagnes victorieuses. Le directeur enfonça le clou :

– Vous n'irez pas loin si vous continuez comme ça !

Bonaparte recommença à faire les cent pas, les mains croisées dans le dos. Depuis les humiliations qu'il avait subies plus jeune à l'école militaire de Brienne, il avait pris cette habitude pour évacuer les pensées noires et la colère qui s'emparaient de lui quand il s'estimait rabaissé. Il se justifia.

– J'ai cru que Joséphine ferait balai neuf. Au lieu de cela, ses débordements n'ont pas eu un moment de repos... Si Joséphine s'est montrée si ingrate, est-ce ma faute ? En Italie, je l'avais fait venir près de moi, malgré mes obligations militaires. Sur place, je lui avais donné toutes les distractions pour la réjouir, pour lui faire passer les moments les plus doux. Comment ai-je été récompensé de mes efforts ?

Napoléon frémit au souvenir de cet épisode éprouvant de sa campagne d'Italie. La fureur qui lui avait rongé le ventre remontait à la surface.

– Je sais qu'elle était fort heureuse de vous y retrouver, affirma le directeur.

Sa voix sonnait faux. Bonaparte le fixa droit dans les yeux. Barras détourna son regard qui se perdit dans la contemplation du feu crépitant dans la cheminée. Napoléon acquit la conviction qu'il mentait. Il aurait donné toutes les victoires du monde pour lire dans les pensées du directeur à cet instant précis.

Chapitre 8

23 juin 1796, 19 heures
Appartements de Barras, palais du Luxembourg

Allongé sur un canapé à la mode romaine, Barras tentait de s'abstraire du brouhaha des convives qui se pressaient dans son salon. Jamais ils n'avaient été aussi nombreux. Le Tout-Paris avait pris l'habitude de se presser aux fêtes qu'il organisait presque quotidiennement au palais du Luxembourg. Pourquoi son intendant avait-il laissé entrer autant de monde ? On ne s'entendait plus. Il lui demanderait d'instituer un roulement ; ou bien des listes d'attente… Il fallait décidément qu'il s'occupe de tout ici. Il sourit malgré lui. Deux ans plus tôt, au cœur de la Terreur, tous ses invités auraient évité le Luxembourg comme la peste : le palais était alors une sinistre prison. Il l'avait récupéré en triste état après les pillages et saccages commis par des révolutionnaires illuminés. Quelle bande de sauvages ! Ses invités ne valaient pas mieux, trop occupés à s'empiffrer à ses frais : aucun d'entre eux ne prêtait attention aux peintures de Rubens sur les murs, ni même aux fresques des plafonds qu'il avait pourtant fait restaurer à prix d'or.

Il avait beau avoir l'habitude, la voracité des gens le laissait chaque fois pantois : ils se ruaient sur les tables et plateaux pour boire et manger, comme s'ils étaient affamés, comme si les buffets gigantesques ne suffiraient jamais à apaiser leur faim après des années de terreur.

Les conversations allaient bon train mais il ne les écoutait plus. Son grand salon lui semblait trop étroit à présent. Il s'était pourtant attribué le plus vaste appartement et les salles les plus majestueuses du palais quand le Directoire y avait emménagé, quelques mois plus tôt. Les quatre autres directeurs s'étaient réparti les logements plus modestes du Petit Luxembourg, qui jouxtait le palais. Barras se serait bien passé de ces pantins mais la Révolution était passée par là : le temps des monarques absolus était terminé. Il avait fallu s'accommoder de quatre bureaucrates étriqués qui ne manquaient jamais de critiquer la profusion de luxe et le faste de ses fêtes. Ils l'accusaient de décadence et même de débauche. Des jaloux coincés qui n'avaient rien compris à la politique ! Les Français avaient besoin de rompre avec la Terreur qui avait fait tant de mal. Pour relancer le pays, il fallait d'abord lui rendre une joie de vivre et même une pulsion de vie. C'était aux directeurs de donner l'exemple. Et au premier d'entre eux - lui, Barras.

Il avait choisi d'occuper les anciens appartements de Marie de Médicis, qui avait fait construire le palais quelque deux cents ans auparavant. La veuve d'Henri IV avait à peine eu le temps d'en profiter que Louis XIII l'avait exilée. Pauvre femme ! Chassée. Non par le peuple, comme ce falot de Louis XVI, mais par son propre fils. À tout prendre, il préférait le peuple. Mais lui, Barras, personne ne le chasserait. Marie de Médicis avait montré bien peu d'habileté pour conserver un semblant de pouvoir. Elle ne faisait pas le poids face à Richelieu. Le cardinal était un politicien redoutable. *Une des rares personnalités politiques à mon niveau*, estima Barras. Le palais des Bourbons et des Orléans était à lui désormais. Vive la Révolution !

Il salua quelques importuns venus lui baiser la main, reconnaissants d'avoir été invités. Il méprisait ces êtres faibles qui lui mangeaient aujourd'hui dans la paume mais qui l'auraient volontiers porté sur l'échafaud deux ans plus tôt. Un peu plus loin, Thérésa Tallien, habillée comme une princesse de l'Antiquité avec des fruits dans les cheveux, semblait flotter dans l'air. Elle régnait désormais dans toutes les fêtes. Justement, elle accourait vers lui.

– Paul, venez vite ! C'est Rose !

Marie Josèphe Rose Tascher de La Pagerie, alors ex-épouse Beauharnais, avait été la compagne de cellule de Thérésa à la prison des Carmes. C'est grâce à Thérésa que Barras avait fait sa connaissance et qu'elle était devenue sa maîtresse. Et à son tour il l'avait présentée à son protégé, le général Bonaparte. Thérésa, Rose, Bonaparte... la vie était faite de rencontres et Barras remerciait la Providence d'avoir mis les bonnes personnes sur son chemin.

– Rose fait des siennes, insista Mme Tallien. Il faut que vous veniez. Maintenant !

Rose. Qu'avait-elle encore fait ? Barras se précipita à la suite de Thérésa pour rejoindre le groupe qui s'était formé autour de Mme Bonaparte. En à peine trois mois, son mari avait accumulé les victoires en Italie. Son ascension avait été si fulgurante que peu le connaissaient vraiment. Ses succès le plaçaient cependant souvent au centre des conversations et c'était à celui ou celle qui révélerait le plus de détails croustillants - la plupart du temps sans aucun fondement - sur la nouvelle coqueluche du pays. Ainsi allaient les mondanités. Peu importait la vérité d'une histoire tant qu'elle était sensationnelle et bien racontée.

Barras avait laissé faire : la légende victorieuse de son protégé participait à celle du Directoire, donc à la sienne.

Une rumeur était toutefois bien réelle, il suffisait de traîner dans les salons pour la vérifier : Rose, l'épouse du prodige, le trompait allégrement. Et comme la jalousie va souvent de pair avec l'admiration, les élites parisiennes s'en réjouissaient. Mme Bonaparte était désormais la vedette de tous les rendez-vous à la mode : où trouver de meilleures informations qu'à la source ? Les révélations de l'infidèle étaient devenues le moment culminant des soirées.

Barras se faufila avec appréhension entre les invités qui s'agglutinaient autour de Rose. L'agitation semblait plus importante qu'à l'accoutumée. Et, chose étonnante, personne ne s'écartait pour le laisser passer. Il se haussa sur la pointe des pieds et aperçut enfin Mme Bonaparte, lascivement étendue dans un canapé, entourée d'une poignée d'hystériques qui la suppliaient :

– Encore une, s'il vous plaît !

– Allez Rose, juste une !

L'épouse du général fit une moue exprimant qu'on ne l'avait pas assez priée.

– Une autre, une autre, entonnèrent les mijaurées.

Vêtue d'une simple tunique de gaze diaphane, ornée de dentelles et broderies évoquant la Grèce antique, comme le voulait la mode de l'époque, Rose ouvrit légèrement le décolleté qui mettait en valeur sa poitrine, révélant les feuilles qu'elle y avait dissimulées. Avec un sourire espiègle, elle tira légèrement sur l'une d'elles. Les cris redoublèrent à la vue des quelques centimètres de papier qui dépassaient de son corset. Rose papillonna des yeux quelques instants puis exhiba complètement un feuillet et le déplia. Elle attendit le silence pour commencer sa lecture.

– « Si l'on me demande si j'ai bien dormi, je sens qu'avant de répondre j'aurais besoin de recevoir un courrier qui m'assurât que tu t'es bien reposée. Les maladies, la fureur des hommes ne m'affectent que par l'idée qu'elles peuvent te frapper. Écris-moi, ma bonne amie, et reçois les mille et un baisers de l'amour le plus tendre et le plus vrai. »

La foule applaudit à tout rompre. Barras n'en revenait pas : Rose lisait à voix haute les lettres que lui écrivait son mari depuis les champs de bataille.

– Il est si mignon ! s'extasia une péronnelle.

– Il ne mérite pas d'être cocu, renchérit une autre.

– Il m'écrit tous les jours, gloussa Rose en minaudant. Parfois même deux fois par jour !

Un jeune homme vint s'asseoir dans son canapé et l'enlaça comme s'il allait l'embrasser.

– À quoi sert d'écrire quand on n'est pas là ? lança-t-il.

Sans conviction et tout sourire, Rose fit mine de le repousser. Hippolyte Charles était un magnifique garçon au teint hâlé, un type du Sud. Il devait avoir une vingtaine d'années mais ses cheveux bouclés le faisaient paraître plus juvénile encore. La générale s'était éprise de ce lieutenant d'un régiment de hussards. Barras ne pouvait critiquer son choix : il aurait lui-même volontiers chevauché le minet. Hippolyte se pencha sur Rose qui, cette fois, se laissa faire sous les vivats de la foule. Encouragé, l'éphèbe en profita pour enfouir une main dans son corsage et en retirer les précieux feuillets. Rose tenta de les récupérer mais Hippolyte s'était déjà levé sous les acclamations.

– Une autre, une autre ! reprirent les invités.

Le jeune homme ne se fit pas prier. C'était son heure de gloire.

– « Si je m'éloigne de toi avec la vitesse du torrent du Rhône, c'est pour te revoir plus vite. Si, au milieu de la nuit, je me lève pour travailler, c'est que cela peut avancer de quelques jours l'arrivée de ma douce amie. »

Pour lire ces mots, Hippolyte avait pris une voix pleurnicharde. Effet réussi : son public éclata de rire. Il poursuivit sa lecture en se tournant vers Rose, agitant un index tendu, comme pour la réprimander :

– « Et cependant, dans ta lettre du 23 au 26 ventôse, tu me traites de *vous*. Vous toi-même ! Ah ! mauvaise, comment as-tu pu écrire cette lettre ! Qu'elle est froide ! Froide comme l'amitié. Je n'y ai pas trouvé ce feu qui allume tes regards et que j'ai cru quelquefois y voir. »

Les rires de la foule redoublèrent.

– Est-ce avec ses cornes que le grand général terrasse ses ennemis ? ricana un petit homme grassouillet.

– En tous cas ce n'est pas avec sa queue ! pouffa un barbon chauve.

C'en était trop.

– Ça suffit !

Barras bouscula les personnes devant lui et pénétra le cercle qui entourait les deux amants. Les rires cessèrent et la foule se dispersa aussitôt. Barras arracha les feuillets des mains d'Hippolyte qui ne demanda pas son reste et Rose baissa les yeux. Le directeur l'empoigna et l'attira dans son cabinet de travail sans un mot. Il referma la porte derrière lui et la poussa sur un siège.

– Avez-vous perdu la tête ?

– Voyons Paul, ce n'était pas méchant. Vous savez comme les gens ont besoin de s'amuser de nos jours. Grâce à moi, votre salon est le plus prisé de Paris.

Elle battit des paupières comme pour l'amadouer mais, cette fois, elle n'allait pas s'en tirer de la sorte.

– Et vous n'avez rien trouvé de mieux que de ridiculiser votre mari pour y parvenir ?

– Oh, il est loin et n'en saura rien !

– Comment pourrait-il ne pas l'apprendre ? Tout Paris sait que vous le trompez. Non contente de vous afficher avec votre minet, vous lisez maintenant ses lettres en public.

– Ce n'est pas de ma faute si elles sont niaises.

Barras lui prit les poignets et les serra si fort que Rose étouffa un cri de douleur.

– Rose, quand comprendrez-vous que nous avons besoin de Bonaparte ? Nous avons besoin de ses victoires, nous avons besoin de l'argent qu'il nous expédie d'Italie ! Vous compromettez les affaires de la France pour vous envoyer le premier nigaud venu. Vous compromettez nos propres affaires pour une partie de jambes en l'air. Je vous rappelle que votre maison vit sur les commissions que je vous reverse.

Rose éclata en sanglots. Barras lâcha ses poignets et l'observa. Dieu qu'elle était craquante quand elle pleurait ! Elle leva son visage vers lui. Des larmes de crocodile. Il avait failli se faire berner.

– Vous exagérez toujours, Paul, geignit-elle. Napoléon est heureux là où il est, ses victoires lui suffisent.

Barras tapa du poing sur son bureau.

– Vous lisez ses courriers en public mais vous n'en comprenez pas le sens. Cet homme est fou d'amour et vous le rendez jaloux à dessein !

Rose baissa le regard.

– C'est entendu, je vais lui écrire une gentille lettre pour le calmer.

Barras plissa les yeux avec un sourire méchant.

– Vous allez faire beaucoup mieux que cela ma chère. Vous partez lui rendre visite en Italie.

Rose se leva d'un bond.

– Jamais. Je ne risquerai pas ma vie sur les champs de bataille. Vous savez que ma santé est fragile et...
– Cessez vos enfantillages. Vous irez, un point c'est tout.
– Mais ma place est ici, Paul, dans les salons. C'est ici que je vous suis le plus utile pour nos affaires.
Barras fit le tour de son bureau et se saisit d'une lettre qu'il brandit sous le nez de Rose.
– Vous reconnaissez cette écriture ? Alors lisez.
Rose parcourut la missive que Bonaparte avait adressée au Directoire une semaine plus tôt. Apparemment très au fait des tromperies de sa femme, il menaçait de rentrer à Paris si elle ne le rejoignait pas en Italie au plus vite. Barras n'avait partagé ce pli avec personne, ne sachant encore comment y répondre. Maintenant, sa décision était prise. Rose s'effondra dans un fauteuil.
– Paul, s'il vous plaît, ne m'obligez pas à y aller.
Elle se remit à pleurer. Faisait-elle à nouveau semblant ? Cela n'avait aucune importance.
– Vous irez, c'est la raison d'État qui le commande.
Rose releva la tête et acquiesça.
– Joseph Bonaparte vous accompagnera également, ordonna Barras.
Si Joseph Bonaparte détestait Joséphine, il détestait au moins autant son frère cadet. Il ne manquerait pas une occasion de faire du mal à l'un ou à l'autre. Peut-être même aux deux. C'était la gouvernante idéale.
– Pas un Bonaparte, Paul, ils me jetteraient au feu s'ils le pouvaient !
– C'est mon dernier mot. Vous partirez en Italie dans trois jours. Allez préparer vos bagages.
Une fois seul dans son bureau, Barras se laissa tomber dans un canapé. Rose l'épuisait. Il l'admirait pour ses talents de

combattante ; elle intriguait mieux que personne et c'était une partenaire précieuse en affaires. C'était aussi une maîtresse hors pair. Mais, justement, dès qu'il s'agissait de sexe, elle devenait incontrôlable.

Chapitre 9

13 juillet 1796, 17 heures
Villa Pusterla Crivelli, Mombello

Napoléon descendit quatre à quatre le monumental escalier de la villa Crivelli qu'il avait réquisitionnée pour installer son quartier général, à Mombello, au nord de Milan. Ses conseillers lui avaient pourtant recommandé le palais royal de Monza, plus officiel et spacieux, davantage digne du grand conquérant qu'il était. Mais il était tombé amoureux des murs jaune et gris pastel de cette demeure à deux étages. L'élégance des arches du portique sud et ses jardins aux multiples pièces d'eau, si romantiques, avaient achevé de le convaincre : c'est depuis Mombello qu'il planifierait désormais sa campagne d'Italie.

Toute l'intendance était à pied d'œuvre depuis les premières lueurs du jour. La nouvelle avait paru la veille : Joséphine arriverait dans l'après-midi. *D'une heure à l'autre !* Des semaines que Napoléon attendait ce moment. Bien sûr, il savait déjà ce qu'on disait d'elle. Leur couple était la risée des salons parisiens et Joséphine ne cachait même plus ses aventures. Mais aujourd'hui il voulait croire que tout pouvait changer. En éloignant sa belle de ses amants, en l'impressionnant avec ses victoires militaires, le respect qu'il inspirait à ses troupes et la crainte qu'il suscitait chez ses ennemis, il retrouverait avec elle la passion de leurs débuts, avant leur mariage.

Il avait convié toute la bonne société de la région, ainsi que son état-major, à une grande réception en l'honneur de Joséphine, pour l'éblouir dès son arrivée. Tous seraient témoins de la reconquête de son épouse et feraient taire les rumeurs. Il inspecta les lieux une dernière fois. Comme à la guerre, rien ne devait être laissé au hasard. Le moindre détail pouvait tout gâcher. Avec l'aide des chefs et des sommeliers, il avait tenu à sélectionner lui-même les meilleurs vins d'Italie et les mets les plus délicats. Des draperies avaient été tendues partout dans le parc de la villa pour protéger les promeneurs du soleil écrasant de ce début d'été. L'air embaumait le jasmin - et l'espoir d'une réconciliation sur l'oreiller.

Son cœur bondit quand le cortège entra enfin dans la cour d'honneur du palais italien, suivi de grands nuages de poussière soulevés par l'attelage.

Joseph, son frère aîné, sortit le premier de la voiture. La courtoisie autant que la sécurité de Joséphine avaient commandé qu'il l'accompagne. Napoléon lui adressa un sourire reconnaissant. Mais ce n'était pas lui qu'il voulait voir. Il se décala pour mieux l'admirer, *elle*.

Telle une nymphe, lumineuse et solaire, Joséphine apparut. Le torrent de l'amour immense qu'il nourrissait pour elle emporta son cœur et son esprit. Malgré les tromperies, malgré les humiliations... Il était prêt à tout lui pardonner pour une nuit dans ses bras.

Joséphine...

Il se précipita vers elle, oubliant son frère, oubliant le monde. Peu importait l'étiquette, peu importait si certains trouvaient ça ridicule. Seule Joséphine comptait.

Il lui prit les mains et plongea ses yeux dans les siens.

– Ma chère amie ! soupira-t-il, à bout de souffle. J'espère que vous avez fait bon...

Mais à cet instant, une autre silhouette surgit derrière Joséphine. Un troisième passager, descendant à son tour de la voiture.

Suffoquant, Napoléon ne parvint pas à terminer sa phrase. Sous son regard médusé, Hippolyte Charles, tout sourire, sortit de l'habitacle, complimentant le cocher pour la beauté des paysages traversés, ignorant superbement le général. L'étincelle de défi qui brillait dans l'œil de Joséphine ne lui échappa pas : *voilà*, semblait dire ce regard, *ma vengeance, pour m'avoir obligée à quitter Paris.*

Toutes les attentions braquées sur eux, le général chercha le soutien de son frère. Mais sur son visage, il ne lut que de la pitié.

Une insupportable pitié.

Il tourna les talons pour rentrer dans la villa, ne souhaitant plus qu'une chose : se réfugier sur un champ de bataille et abattre un déluge de feu sur ses ennemis ; qu'un gigantesque incendie embrase le monde et le réduise en cendres.

Chapitre 10

16 octobre 1799, 19 h 45
Appartements de Barras, palais du Luxembourg

En rage, Napoléon arpentait le grand salon de Barras. Besoin de bouger pour oublier ; oublier la trahison de Joséphine en Italie, oublier son absence ce matin. Quatre ans qu'elle occupait son esprit, deux qu'il ne l'avait pas vue - mais l'étau dans lequel elle emprisonnait son cerveau, son corps, ses sens ne s'était pas relâché.

Elle ne l'avait pas rejoint en Égypte. C'était mieux ainsi. Il serait devenu fou si elle avait renouvelé l'épisode italien.

Napoléon jura intérieurement. Ces deux ans de sevrage n'avaient été d'aucun effet. Il avait besoin de la voir, de sentir son corps, de l'avoir pour lui seul. Là, maintenant.

Barras interrompit ses ruminations, comme s'il lisait dans ses pensées.

– Rose... enfin je veux dire Joséphine sera certainement fort heureuse de vous retrouver très vite.

Napoléon serra les poings et alla se servir un verre de chambertin. Il avala son contenu d'un trait, sans le savourer : il avait seulement besoin d'oublier.

– Mensonge ! cria Napoléon. Elle n'a trouvé son bonheur que dans la galanterie. En Italie, c'était ce petit... ce...

Il déglutit de travers et commença à s'étouffer. Barras lui tapa dans le dos.

– Vous voulez parler d'Hippolyte Charles ?

Bonaparte lui attrapa le bras si fort que le directeur sursauta et grimaça de douleur.

– Pourquoi ne me dites-vous pas qu'elle est chez lui ?

Barras se libéra de son étreinte.

– Parce qu'elle n'y est pas.

Bonaparte scruta le directeur. Mentait-il encore ?

– Comment le savez-vous ?

– Je sais beaucoup de choses, se contenta de répondre Barras.

Napoléon lui lança un regard mauvais.

– Alors vous êtes certainement au courant qu'elle s'est livrée à toutes sortes de folies. Elle lui a donné des sommes énormes et des bijoux. On les a vus coucher dans les mêmes auberges et monter dans les mêmes voitures...

– Ne me dites pas que vous croyez à ces ragots. Joséphine démentira sans doute si vous prenez la peine de la confronter à cela.

– C'est justement ce que j'ai fait avant de partir pour l'Égypte. Elle a juré que rien n'était vrai et elle s'est mise à pleurer.

– Il faut dire que Joséphine pleure admirablement, concéda Barras.

Comme toujours, Napoléon avait été amadoué dès les premières larmes de son épouse : il s'était précipité vers elle pour la réconforter. Pourquoi perdait-il tous ses moyens face à elle ?

– J'aurais dû insister, dit-il. Ce n'étaient que de stupides sanglots de femme.

– Notre Joséphine n'est pas n'importe quelle femme, et ce ne sont donc pas n'importe quelles larmes. Hippolyte Charles, ne vous en déplaise, a su voir en elle le...

– Hippolyte Charles n'est qu'une petite figure à putains !

– Je me suis laissé dire cependant que tout n'est pas petit chez lui, et qu'il sait bien...

La rage que Bonaparte tentait de contenir le submergea.

– Maudit soit-il ! hurla-t-il en renversant un guéridon. J'exterminerai cette race de freluquets et de blondins.

Le meuble s'écrasa sur le tapis dans un fracas épouvantable. Napoléon s'absorba dans la contemplation de ses ultimes oscillations. *Hippolyte Charles...* S'il entendait ce nom ne serait-ce qu'une fois de plus, ses oreilles se mettraient à saigner.

– Joséphine vous fait perdre la tête. Je comprends, je suis passé par là.

D'un pas lent et mesuré, le directeur alla redresser le guéridon qui gisait sur le tapis et poursuivit :

– Je vous ferai venir une créature exquise qui s'y connaît dans les plaisirs des hommes. La meilleure maison de Paris me doit justement un service. Je crois que vous avez simplement besoin de vous vider les couilles, général.

Napoléon secoua la tête. Décidément, Barras ne voyait que le vent qui renversait les meubles, et ignorait l'incendie en lui.

– Vous ne comprenez pas, elle m'a abandonné !

– Vraiment ? Je pense pourtant y voir plus clair que vous...

Le directeur plongea son regard dans le sien - un regard acéré, vif et calculateur, celui d'un rapace en chasse.

– Savez-vous ce que je devine dans vos lamentations et vos emportements ? Une tentative de diversion. Alors maintenant vous allez m'expliquer les *vraies* raisons de votre retour inattendu à Paris.

– Je suis rentré pour Joséphine. Je vous l'ai dit, je ne pensais qu'à elle en Égypte.

– Pas avec moi, mon ami, allons... Il ne vous aura pas échappé que j'ai des informateurs partout ! Comment s'appelait-elle déjà ?

Un frisson dévala l'échine de Bonaparte et le souffle chaud des vents d'Égypte lui revint en mémoire. Inutile de nier. Barras savait.

– Pauline... murmura Napoléon en baissant la tête.

Pauvre Pauline.

– Pauline Fourès ! s'exclama le directeur. « La Bellilotte » ! Un joli coup à votre palmarès, vous ne devriez pas en rougir ainsi. Des seins à se damner, un petit cul bien ferme... Vous avez bien fait de vous débarrasser de son mari. Quelle mission lui aviez-vous confiée déjà ?

Pour avoir le champ libre, Napoléon avait expédié sur le front l'époux de Pauline, un officier subalterne. Oui, il avait usé de son autorité pour prendre la femme d'un autre. Son crime n'avait pas payé : cette aventure n'avait été qu'un défouloir à sa colère.

– Ça ne veut rien dire... Quand je troussais Pauline, c'était pour rendre Joséphine jalouse. Pour la ramener à moi...

Il ferma les yeux. Pauline. Il avait espéré que leurs étreintes sous la tente, rythmées par le son du clairon et les tempêtes de sable, soient romantiques. Mais plus il avait baisé Pauline, plus il s'était senti misérable, obsédé par une seule idée : comment faire parvenir la rumeur jusqu'à Paris ? Par quels moyens faire crever de jalousie son épouse infidèle ?

– Mais Joséphine s'en est simplement accordé davantage de libertés, soupira Napoléon. Et aujourd'hui, le Tout-Paris se régale de ses frasques. Pourquoi ne me dites-vous pas où elle est ?

– Parce que je ne le sais pas. Quoique, reprit Barras, maintenant que j'y pense... Joséphine a noué une grande amitié avec le président du Directoire.

– Gohier ? s'étrangla Napoléon.

Le vieux Gohier avait l'âge d'être son père. Joséphine avait-elle perdu la raison ? Semblant lire dans ses yeux, Barras poursuivit :

– Il n'est plus fringant en effet, mais nul doute que notre Joséphine l'a rajeuni de quelques années ! Ces derniers temps, il ne s'est presque pas passé de jour sans qu'elle vienne au Luxembourg ou qu'il se rende chez vous. Je l'ai présenté à Joséphine au début de l'année. Il n'était encore que juge au Tribunal de cassation et Joséphine avait précisément une amie aux prises avec la justice. Elle l'a ensuite un peu oublié après le service qu'il lui a rendu. Mais dès qu'il est entré au Directoire, elle s'est souvenue de lui et l'a convié à dîner. Et depuis qu'il en est le président, elle ne le quitte plus !

Barras le fixa droit dans les yeux et ajouta :

– Nous connaissons tous les deux le pouvoir d'envoûtement de Joséphine sur les hommes, n'est-ce pas ?

Bonaparte ne l'écoutait plus. Toutes ces victoires héroïques, le titre de Sauveur de la nation, la rue rebaptisée en son honneur... Rien n'effacerait la cuisante défaite de son mariage.

– Pendant mon absence, Mme Bonaparte s'est livrée à tous les plaisirs, soupira-t-il. Le sort m'accable de gloire, mais ce n'est que pour me faire sentir mon malheur avec plus d'amertume. Et obscurcir mon retour...

Le visage de Barras reprit aussitôt son expression sévère, tel un fauve qui retrouve la trace de sa proie.

– Justement, pourquoi êtes-vous rentré ?

– Allez-vous cesser avec cette question ?! hurla Napoléon, excédé.

Dans un sursaut, Barras laissa échapper son verre de sauternes. Le contenu se déversa sur sa chemise.

– Merde ! éructa-t-il.

Barras marmonna encore un chapelet de jurons. Bonaparte haussa les épaules. Il n'avait jamais renâclé à se salir, lui, à mettre les pieds dans la boue, à partager le repas des soldats ou à dormir dans un lit métallique sous une tente.

Sans s'excuser auprès de son visiteur, le directeur tourna les talons et prit le chemin de sa chambre. Décontenancé par ce départ soudain, le général se saisit de la *Gazette*. Il lut d'abord en silence, puis répéta à haute voix pour être entendu depuis l'autre pièce :

– « Le convoi sur lequel est venu Bonaparte était composé de deux frégates et d'un vaisseau de transport ; il voulait débarquer à Toulon, mais il était chassé par les Anglais... » Eh bien, même ici il est écrit que les Anglais ne m'ont pas laissé un moment de répit, vous voyez bien !

Tous ces avocaillons du Directoire feraient mieux de lire la presse que de l'accuser. Et l'accuser de quoi ? De toutes les victoires qu'il avait rapportées à la France ? Il poursuivit sa lecture : « Le canon annonça leur arrivée à Fréjus ; une foule immense de citoyens se rassembla sur le port ; le soir, la ville fut illuminée ; des bals, des chants, des concerts marquèrent la joie publique. »

Son visage s'assombrit.

À quoi bon ? À quoi bon si c'est pour trouver une maison vide. À quoi bon toutes ces fêtes et cette allégresse... si elle n'est pas là pour les partager avec moi ?

Barras réapparut de sa chambre, tout sourire et vêtu d'une chemise propre, brandissant un papier plié.

– Tenez, j'ai mis la main dessus ! Le général Bernadotte est lui aussi d'avis de vous déclarer hors la loi pour désertion.

Napoléon se figea.

– « Hors la loi » ! N'employez pas ces mots si légèrement, des têtes sont tombées pour moins que cela et il n'y a pas si longtemps encore...

– Comme celle de Robespierre qui perdit la sienne quand il rêvait de faire tomber la mienne.

Le cœur de Bonaparte se serra à l'évocation de la chute de l'ancien protecteur de sa famille.

– Vous l'avez décollé alors qu'il était le père de la Révolution. Alors qu'il était votre ami !

– Brutus devait tuer César. Il m'en a coûté. Mais comme c'était lui ou moi je n'ai aucun regret.

Barras déplia le papier qu'il avait dans les mains et continua.

– « L'an VIII, le 25 vendémiaire à quinze heures, le citoyen général Bonaparte a comparu devant nous, sur notre... »

Napoléon frémit. Ces salauds avaient déjà écrit l'acte d'accusation du lendemain. Avant même de l'entendre !

– Vous n'allez pas m'abandonner vous aussi ? Vous me défendrez, n'est-ce pas ? Comme lorsque Robespierre est tombé...

Les lèvres de Barras s'étirèrent en un sourire mauvais.

– Oh ! vous savez... J'ai si peu d'influence aujourd'hui.

– Vous avez toujours dirigé tout et tout le monde, Barras ! Vous me défendrez.

– Et pourquoi donc le ferais-je ? fit le directeur d'une voix mielleuse en s'approchant.

L'emprise d'un serpent. Pourquoi repousser Barras était-il plus difficile que de faire reculer des armées ennemies ? Napoléon sentit l'étau se refermer sur lui quand le directeur écarquilla les yeux et eut un mouvement de recul, comme épouvanté.

– Quelles sont ces marques sur votre visage ? Qu'ont dit les médecins à votre arrivée ?

Barras sortit un foulard de sa poche pour s'essuyer les mains. Bonaparte secoua la tête.

– Vous pensez bien que je n'ai pas eu le temps de rendre visite aux docteurs.

– Mais c'est très dangereux ! gronda le directeur en chiffonnant le tissu avant de le jeter au feu. La quarantaine est obligatoire quand on vient de ces pays-là. Vous pourriez avoir rapporté la peste d'Égypte.

Napoléon porta la main à son visage et se mit à rire. Il n'avait même pas fait l'effort de se regarder dans un miroir avant de partir pour le palais du Luxembourg.

– La peste ? s'amusa-t-il en se caressant les joues. Vous ne savez pas ce que c'est. Moi, la peste, je l'ai regardée dans les yeux. Tranquillisez-vous. C'est juste un peu d'eczéma... depuis que j'ai reçu votre convocation.

Barras recula encore.

– De grâce, arrêtez de vous toucher le visage ! Vous feriez mieux d'aller vous reposer. Il vous faut être en forme demain pour votre audience officielle au Directoire.

– Un tribunal qui a signé ma perte sans m'écouter ! M'aiderez-vous, Barras ?

Le directeur fit mine de réfléchir.

– À une condition : que vous repartiez immédiatement prendre le commandement d'une des armées qui vous attendent.

– Je ne suis pas rentré pour repartir aussitôt.

– Général, vous êtes aux ordres du Directoire ! Vous agirez selon ses instructions, comme vous l'avez toujours fait. Le choix est simple : ce sera la prison ou un nouveau champ de bataille...

– Ma santé est encore fragile. J'ai besoin de repos.

Barras émit un petit ricanement.

– Je comprends mieux ce que l'on raconte dans certains salons. Vous auriez fui l'Égypte par peur d'affronter les suites de votre échec à Saint-Jean-d'Acre...

Le sang de Bonaparte ne fit qu'un tour. Combien de victoires devrait-il encore accumuler pour que tous le respectent enfin !?

– Personne n'a montré autant de bravoure que moi sur le champ de bataille !

– Mais vous avez abandonné vos troupes en Égypte. Je vous le demande une dernière fois : pourquoi êtes-vous rentré ?

– Je vous l'ai déjà dit. Je suis rentré pour revoir Joséphine.

Barras soupira. Il semblait excédé.

– Oui, continua le général, je suis revenu pour elle, pour la serrer dans mes bras. Mais elle court la ville dans toutes les fêtes, et elle ne se soucie plus de son cher Napoléon. Un caprice le lui aura fait l'aimer, l'inconstance le lui rend indifférent. Alors...

Il allait mettre un terme à ce cirque... et prendre une décision qu'il aurait dû entériner depuis longtemps. Tout semblait si évident tout à coup. Comment n'y avait-il pas pensé plus tôt ?

– Alors quoi... ? s'impatienta Barras.

Napoléon redressa la tête. Le poids qui comprimait sa poitrine avait disparu. Un sang nouveau affluait dans ses veines, comblant le gouffre qui lui trouait le ventre depuis le matin.

Depuis des années, en vérité...

– Alors je vais divorcer, annonça-t-il d'une voix calme et déterminée.

Chapitre 11

9 mars 1796, 20 h 45
Hôtel de Mondragon, rue d'Antin

– Faut-il encore attendre ? avait soupiré l'officier d'état civil.

Joséphine s'était éventée, moins pour se rafraîchir que pour dissimuler son irritation. Cela faisait une heure que Leclercq se tenait prêt à recueillir le consentement des époux. Mais Napoléon se faisait désirer. Les témoins étaient arrivés sur les coups de vingt heures - Barras, bien sûr, qui les avait présentés l'un à l'autre, mais aussi Tallien et Calmelet. Et dans le petit salon de l'hôtel Mondragon, l'impatience avait cédé la place à l'énervement.

– Tout de même, s'était exclamé Leclercq, il ne peut pas avoir mieux à faire que de venir à son propre mariage !

– Il part demain pour l'Italie, avait expliqué Barras. Accordons-lui encore quelques minutes.

Face aux hommes forts du Directoire, Leclercq avait consenti à patienter quelques instants. Mais bientôt gagné par le sommeil, il s'était endormi dans un salon attenant. Très vite, des ronflements étaient montés derrière les portes closes.

– Eh bien je le remplacerai ! s'était amusé Collin-Lacombe, le commissaire du Directoire, en prenant la place de Leclercq derrière le bureau.

De son côté, Joséphine tournait en rond. Elle aussi commençait à perdre patience et se penchait continuellement par la fenêtre, espérant voir apparaître Bonaparte d'une minute à l'autre.

– On pourra dire que celui-là vous aura fait attendre, avait plaisanté Barras en passant un bras sur ses épaules.

Cette union était son œuvre. Ce n'était pas un retard qui contrarierait ses plans.

– Si seulement je l'aimais, avait-elle chuchoté face à la fenêtre. Au moins, j'aurais une bonne raison d'attendre.

– Ses succès militaires vont vous rendre riche. Voilà une bonne raison d'attendre.

– Il part demain en campagne, nous n'aurons peut-être même pas le temps de consommer enfin officiellement ce mariage. Non pas que l'idée me plaise... Il serait bien capable de garder ses bottes !

Barras avait ri.

– Allons, ce n'est qu'une nuit. Au lever du jour, il sera déjà loin. Vous pourrez alors retrouver votre liberté... et vos amants.

Pourquoi les femmes étaient-elles toujours aussi impatientes ? Le pire avait pourtant été évité.

– Allons ! Soyez déjà heureuse que sa famille n'ait pas trouvé l'adresse. Ne pas les inviter est une chose, mais qu'ils ne se soient pas présentés d'eux-mêmes en est une autre.

– Ils me détestent, n'est-ce pas ?

– Pour les Bonaparte, vous êtes une opportuniste, doublée d'une scandaleuse catin. Ils ne vous pardonneront pas d'avoir fait tourner la tête à leur Napoléon. Et cela n'ira pas en s'arrangeant, vous aurez de quoi vous occuper.

Vers vingt-deux heures, des claquements de bottes avaient soudain résonné dans le couloir. La porte du salon s'était ouverte à la volée.

– Mariez-nous vite ! s'était exclamé un Napoléon échevelé sous les regards incrédules de l'assemblée.

Bonaparte était entré dans le salon telle une tempête, accompagné de son aide de camp qui le suivait comme son ombre.

– Souriez, avait murmuré Barras à Joséphine.

Bonaparte, submergé de travail à la veille de son départ pour l'Italie, transpirait comme un âne et portait un uniforme chiffonné. La façon qu'il avait de considérer Joséphine ne laissait pourtant aucun doute : il débordait d'amour, de vénération même. Point de feu en revanche dans les prunelles de Joséphine. Bah ! avec le temps, elle l'estimerait au moins pour ses qualités - on avait vu pire mariage de raison.

Collin-Lacombe avait lu l'acte juridique à la va-vite et les signatures avaient été apposées sur les documents sans plus de cérémonie. Pendant ce temps, Napoléon n'avait cessé de dévorer sa femme des yeux, comme un animal affamé. *Parfait.*

– Je vous souhaite le meilleur ! s'était exclamé Barras au moment de les laisser convoler. Une voiture vous attend. Bonaparte, un conseil : faites attention au chien en arrivant à la maison. C'est un roquet tout à fait détestable, mais notre chère Joséphine l'aime passionnément.

– J'espère qu'elle éprouvera les mêmes sentiments pour moi, avait plaisanté Bonaparte en quittant le salon aussi vite qu'il était arrivé, toujours flanqué de son aide de camp.

Restée en retrait, Joséphine avait accepté la main que Barras lui tendait. L'affaire était conclue. Inutile d'échanger le moindre mot : à force de se fréquenter, chacun savait ce que l'autre pensait.

Chapitre 12

16 octobre 1799, 20 h 10
Appartements de Barras, palais du Luxembourg

Paul Barras considéra Bonaparte sans dire un mot. Puis il éclata de rire.

– Divorcer ? Vous brûlez de jalousie à l'idée que Joséphine puisse se trouver ailleurs que chez vous. Vous venez pleurer ici pour savoir où elle est. Et vous voulez divorcer ? Allons, l'ami, les liens qui vous unissent sont trop puissants.

Le général avait viré à l'écarlate.

– Qu'en savez-vous ?! grinça Bonaparte. Êtes-vous dans ma tête ?

Non, mais j'aimerais bien, songea Barras.

– C'est vrai, admit le directeur, je n'entends pas grand-chose à l'amour. Mais vous êtes plus accroché à votre épouse qu'un enfant à sa mère. Vous n'allez pas me faire croire que vous avez traversé la Méditerranée, au mépris de mille dangers, rien que pour divorcer ?

– Si, insista Bonaparte.

La voix du général n'était déjà plus si assurée : il avait hésité, comme un gamin pris en flagrant délit de mensonge.

– Allons, reprit Barras, j'espère que vous me tenez en assez haute estime pour cesser cette posture ridicule et me proposer une version plus franche et digne de notre amitié.

Le général se redressa comme pour se donner une contenance et temporisa quelques instants avant de répondre, d'une voix toujours incertaine.

– Je devais rentrer. À la lecture des journaux, j'ai senti qu'une guerre se préparait sur le continent. Je... je ne pouvais pas rester longtemps éloigné de la France. Il fallait rassurer le peuple !

– Évidemment ! ricana Barras. Vous *deviez* revenir pour rassurer le bon peuple, et pourquoi pas le sauver, vous qui ne savez même pas comment sauver votre propre mariage. Un mariage que vous voulez déserter, comme vous avez déserté votre armée !

Le rouge était monté au visage du général, il ruisselait de sueur... La marmite allait déborder.

– Vous voulez la vérité ? éructa Bonaparte. Vous allez l'avoir. On m'a représenté un portrait catastrophique de la France !

Voilà.

– Qu'avez-vous fait de cette France que je vous avais laissée florissante ? explosa le général. Je vous ai envoyé des millions d'Italie, j'ai retrouvé partout la misère !

– La misère ? pouffa le directeur en désignant la table de festin. Où voyez-vous de la misère ici ?

– Je vous ai laissé la paix, j'ai retrouvé la guerre ! Je vous ai offert des conquêtes et l'ennemi passe nos frontières au sud et à l'est !

Barras attrapa un petit-four et le porta à ses lèvres.

– Assez, répondit-il, la bouche pleine. Vous êtes à cran, vous avez en effet besoin de repos. Et vous en aurez bientôt si vous continuez comme ça, croyez-moi...

Mais la digue avait cédé : Bonaparte, tel un cheval emballé, ne semblait pas décidé à arrêter.

– Les ressources de l'État sont épuisées ! Que sont devenus les braves soldats, les cent mille camarades que j'ai laissés couverts de lauriers ? Il est temps enfin de rendre aux défenseurs de la patrie la confiance à laquelle ils ont droit.

Il est surtout temps de ramener l'étalon dans son écurie, pensa Barras.

– Vous parlez comme Robespierre ! s'esclaffa-t-il. On a vu où ça l'a mené. Gardez ces belles phrases pour votre audition demain. Il serait dommage que les autres directeurs ratent ce grand moment. Allons, je vais vous faire raccompagner, nous n'avons plus rien à nous dire d'ici là.

Barras marcha jusqu'à la porte d'entrée du salon et l'ouvrit.

– Victor ? appela-t-il.

Il passa la tête dans l'entrebâillement à la recherche de son valet. Mais le couloir était vide. Il soupira. *Mais qu'ont-ils donc aujourd'hui ?* Derrière lui, le volcan Bonaparte continuait d'érupter en diatribes incandescentes.

– Le désordre financier règne, le Conseil des Anciens et celui des Cinq-Cents sont impuissants. Ils n'ont été que des machines à décrets à la main du régime.

– C'est vous que l'on jugera demain, pas le Directoire, répondit Barras en claquant la porte. Où pensez-vous que vous mènera votre acte d'accusation, sinon à la prison ?

– Pendant ma remontée vers Paris, j'ai vu la détresse des autorités locales. Les ressources de l'État sont épuisées. Les traitements des fonctionnaires et les soldes des militaires ne sont plus payés régulièrement...

Blasé, Barras se contenta de hausser les épaules. Après tant d'efforts pour le faire parler, il était désormais impossible de faire taire le Corse ! Ces invectives n'avaient pourtant rien d'original : il les entendait déjà à longueur de journée. Bonaparte se pensait tribun ; il était juste assommant.

– Il est dans le caractère français d'exagérer, soupira le directeur, de se plaindre et de tout défigurer dès qu'on est mécontent. Vous-même, il y a un instant, vouliez jeter votre mariage aux orties pour quelques contrariétés...

Napoléon secoua la tête.

– Vous souhaitiez que je vous donne mes raisons, Barras, vous les avez. Vous savez ce qu'un vétéran m'a crié l'autre jour ? « Nous n'avons pas besoin des gouvernants, il est temps de les foutre dehors, eux et leur bavardage ! »

– Il en faut bien pourtant, répondit le directeur comme une évidence.

Une douleur était apparue au bas de sa colonne vertébrale. Il fallait écouter son corps. Et son corps lui disait qu'il en avait plein le dos des jérémiades de son protégé.

– La pénurie règne, s'obstinait Bonaparte, dans la justice comme dans l'instruction publique. Les hospices sont bondés. J'ai voyagé sur des routes défoncées et mal entretenues. Dans nos villages, les habitations sont sales et délabrées - les gens vont la plupart du temps pieds nus !

– La misère ne date pas du Directoire.

Napoléon écarta les bras, fit un tour sur lui-même, comme pour prendre la pièce à témoin, puis désigna la table chargée de mets en s'étouffant de colère :

– Non, mais pendant ce temps, vous vous vautrez dans le luxe ! Vous mangez, buvez, jouez, donnez des fêtes et culbutez des galantes ! Robespierre n'aurait jamais approuvé cette débauche.

– Je doute qu'il vienne me le reprocher, ricana Barras. Que voulez-vous, notre élite ne s'est pas encore bien remise de la Terreur. Il faut bien qu'elle décompresse. La France ne s'en porte pas plus mal ! Mon pauvre Bonaparte, vous ne comprenez rien à la politique. Êtes-vous donc rentré pour donner des leçons de morale ? Non, vous n'êtes pas revenu pour cela. Je vais vous dire, moi, pourquoi vous êtes là devant moi...

Une intuition avait germé dans la tête de Barras. Il devait laisser venir à lui l'inspiration, c'était dans ces moments qu'il était le meilleur. Il s'imagina au théâtre, debout sur la scène face au public.

– Je vous vois, Bonaparte. Je vous vois contempler les mornes dunes sous les pyramides, toute cette étendue de sable infinie, se perdant aux quatre coins de l'horizon. Je vous entends soupirer, transpirant sous votre bicorne, à l'ombre d'un palmier. Tout ce que vous bouffez crisse sous la dent et ça vous met les nerfs à rude épreuve. Vous vous emmerdez, mon petit Napoléon... Il fait chaud, vous vous emmerdez profondément, et vous savez que votre femme se fait trousser par la moitié de Paris à quatre mille kilomètres de là. Vous avez l'impression de ne pas être à votre place... de rater quelque chose. Votre destin, peut-être ? Il y a tous ces journaux que vous faites venir d'Europe. Vous vous racontez l'histoire qui vous arrange, celle où la France aurait besoin de quelqu'un comme vous. Chaque jour qui passe est un grain de sable supplémentaire dans le sablier de votre impatience. Vous trépignez comme un gosse, vous n'avez plus goût à rien. Et puis... Et puis arrive le désastre de Saint-Jean-d'Acre. Vous devez abandonner le siège d'une ville que vous êtes incapable de prendre. Votre orgueil militaire subit un rude coup. Vous êtes abattu, vous commencez à dériver tel un naufragé...

– Je ne vous permets pas ! s'étrangla Napoléon.

D'un geste, Barras lui intima l'ordre de le laisser terminer sa démonstration. Après tout, il avait patiemment écouté les critiques du général contre le Directoire, il pouvait bien aller jusqu'au bout de sa scène - d'autant que, sans modestie aucune, il se trouvait plutôt bon.

– Alors, il vous faut une victoire, vite, quelque chose à raconter dans ce merveilleux *Courrier d'Égypte* qui retrace vos aventures ! Ce sera Aboukir, en juillet. Quel panache ! Quel courage ! J'ai lu cette gazette avec plaisir, je dois l'avouer. Tout y avait l'air tellement épique, comme un récit de la Table ronde...

Bonaparte s'était assis dans un fauteuil et ruminait. La pièce semblait désormais chauffée par deux cheminées tant le général irradiait de colère.

– Mais vous vous êtes lassé, Bonaparte. « À quoi bon tout cela ? » vous demandez-vous. Car vous êtes trop loin du vrai terrain de bataille - ici même, à Paris. Les rumeurs vous parviennent : la nation vacille et vous n'êtes pas là. Alors un jour tout ce sable et toute cette chaleur vous assènent un coup de trop sur le bicorne. Vous n'y tenez plus, citoyen général, car c'est pire qu'une envie de pisser... Vous entendez les trompettes de l'autre côté de la mer, l'appel de la France ! Il n'y a que vous qui puissiez la sauver. Vous seul pouvez la tirer de cette tourmente imaginaire que votre esprit fatigué a consciencieusement bâtie.

Barras fit une pause qu'il voulut théâtrale : il arrivait au meilleur moment de son soliloque.

– Alors vous faites appeler Kléber, reprit-il. Vous lui expliquez l'urgence de votre retour en France, vous ne pouvez pas rester plus longtemps loin de là où ça se passe. Vous embarquez sur une frégate. Même si vous avez voulu votre départ discret pour ne pas alerter les Anglais, vous imaginez déjà les vivats qui vous attendent en France. Je vous vois, bandant comme un taureau, anticipant le moment où vous tendrez la main vers cette foule qui vous acclame. Alors vous tournez votre regard vers la mer, vers la suite de votre épopée mythologique. Le héros victorieux, Ulysse de retour à Ithaque. Non, mieux, Godefroy de Bouillon revenant des croisades ! C'est ainsi que vous vous voyez, n'est-ce pas ? Vous pensez que vous êtes de ce bois dont on sculpte les légendes. Quelles chansons l'on écrira, mon ami ! Dans cinq cents ans encore, on racontera comment le grand Bonaparte revint d'Égypte et regagna la France, pour la sauver du Directoire qui la menait à sa perte.

Barras n'avait pas quitté le général des yeux durant toute sa dernière tirade. Il avait guetté les tressaillements de son visage, étudié leur rythme, noté quelles inflexions lui tiraient des grimaces. Mais surtout, il avait observé la manière dont s'étaient subrepticement détendus ses traits. Comme si, l'espace d'un instant, il avait oublié qu'il était scruté et s'était abandonné à ses rêveries.

Des rêveries dangereuses.

– Est-ce terminé ? gronda enfin Bonaparte. Dois-je applaudir ?

Barras ajusta sa chemise et s'inclina.

– Applaudir, non. Mais vous n'avez pas nié. Et qui ne dit mot consent.

– Alors je nie.

– Je vous connais, Bonaparte. Je vous connais comme si je vous avais donné la vie. D'ailleurs, c'est bien moi qui vous l'ai donnée : avant moi, vous n'étiez rien. Et c'est ainsi que vous me remerciez ? Quel genre d'ami vient quémander de l'aide quand il ne rêve que d'ébranler ceux qui lui ont offert ses galons ?

– Une ère nouvelle s'ouvre. Le Directoire est à genoux, et que ça vous plaise ou non, je suis le glaive entre les mains des dieux de la Fortune.

– Vous êtes le soldat entre les mains du Directoire devant lequel vous comparaîtrez demain pour fait de désertion. Et je compte ajouter une ou deux lignes à l'acte d'accusation : trahison, complot contre le Directoire, j'en passe. Les paroles que vous avez tenues suffiront à vous conduire droit en cellule - et encore, la prison serait le plus doux des châtiments.

Car mon témoignage achèvera de convaincre mes collègues du danger que vous représentez. Je ne tarirai pas d'éloges à votre sujet.

Il s'approcha de la corde qui permettait d'appeler les domestiques près de la cheminée et fit mine de vouloir la tirer.

– Tenez, je devrais même vous faire arrêter dès maintenant...

Bonaparte se rua vers lui pour l'en empêcher.

– Vous êtes prêt à inventer n'importe quelle histoire pour conserver votre siège ! cracha Bonaparte. Vous... vous êtes une moule accrochée à son rocher.

– Rappelez-vous, dit Barras le plus calmement possible, que j'ai survécu à Robespierre. Et je vous affirme ce soir que celui qui me délogera d'entre ces murs n'est pas encore né. Tous ceux qui ont essayé croupissent à l'ombre.

Le directeur avait visé juste : Napoléon blêmit.

– Ne menacez pas de me jeter en prison. Je sais ce que c'est, moi... Je n'y retournerai pas !

Chapitre 13

6 août 1794
Fort Carré, Antibes

– Laissez-moi lire, avait demandé Napoléon en usant de son ton impérieux de général de brigade.

Le commandant de gendarmerie Vervein avait d'abord refusé. Mais Bonaparte ne s'était pas démonté et lui avait arraché le feuillet des mains. De toute façon, il était sur le chemin de la prison. Que pouvait-il lui arriver de pire ?

« Au nom de la République française une et indivisible, il est demandé au commandant de la gendarmerie de se transporter sans délai avec un détachement de ce corps, composé d'un officier et dix hommes, au logement du général de brigade Bonaparte, où il le mettra en état d'arrestation, mettra le scellé sur ses papiers et se conformera avec la plus scrupuleuse exactitude à ce qui est ordonné par les représentants du peuple, près cette armée et celle des Alpes, relativement à lui dans leur arrêt du 19 thermidor courant et dont copie collationnée lui a été remise. Aussitôt son arrestation, il en rendra compte aux susdits représentants et au général en chef... »

L'ordre avait été donné le matin même par le général Pierre Dumerbion, ainsi que le cachet de cire en attestait. Bonaparte replia la feuille et la rendit à Vervein. Pas besoin d'en lire davantage.

– Ce jour est à marquer du sceau de l'infamie, avait-il craché tandis que les gendarmes procédaient à sa mise aux fers.

Il ne décolérait pas. Il avait été parmi les premiers républicains - dès 1791 ! - quand ses compagnons de garnison en tenaient encore pour la monarchie. Il avait rendu Toulon à la France. Il était commandant de l'artillerie de l'armée d'Italie. Et voilà qu'on l'accusait de corruption, de collusion avec l'ennemi ! La rumeur courait même qu'il aurait été approché par les Autrichiens lors d'une mission à Gênes. *Infamie !*

Ces motifs étaient fallacieux, il n'était pas dupe : c'était avant tout son robespierrisme qui lui était reproché. Exécutés la semaine précédente, les frères Augustin et Maximilien Robespierre avaient été expulsés du paysage politique en un claquement de doigts et tous leurs soutiens étaient désormais en ligne de mire. Chacun cherchait à se protéger. À commencer par Saliceti...

Trois jours auparavant, le député Antoine Christophe Saliceti avait pris un arrêté pour suspendre Bonaparte de ses fonctions et le placer en état d'arrestation. Cet élu de la Convention partageait avec Bonaparte des origines corses, mais c'était surtout celui qui, à peine un an plus tôt, l'avait élevé au grade de général de brigade sur recommandation de Robespierre. Le vent tournait.

La nouvelle était parvenue à Bonaparte jusqu'à Nice, où il était stationné. Mais il avait choisi de ne pas fuir. Fuir aurait constitué un aveu de culpabilité. La lumière serait faite sur son cas, il n'avait aucun doute.

– Allons-y, puisqu'il le faut ! avait-il simplement lâché en quittant son domicile sous bonne escorte.

On l'avait mené au fort Carré, à une vingtaine de kilomètres : une prison fortifiée édifiée au sommet de la presqu'île Saint-Roch, à Antibes. Construit sur un rocher, le bastion en forme d'étoile surplombait la Méditerranée, telle une sinistre vigie. Les épais murs du bâtiment semblaient avoir été érigés pour contenir la colère d'un titan.

Le convoi s'était bientôt engouffré derrière les fortifications. Bonaparte avait accusé le coup. Il n'avait jamais connu l'enfermement, et commençait seulement à comprendre cette nouvelle réalité : rien que de la pierre sale à perte de vue. Et pour seul paysage sonore, le claquement des serrures et le tintement des chaînes : sitôt passé les murailles, le ronflement des vagues de sa chère Méditerranée s'était effacé.

On l'avait conduit dans sa cellule, une geôle sombre dans les tréfonds du fort, simplement percée d'une ouverture lourdement grillagée à hauteur de plafond. On ne pouvait même pas apercevoir l'extérieur. Quand la porte s'était refermée, il avait compris ce qu'était la véritable solitude, celle qui n'était pas choisie.

Les premières heures de sa captivité, il les avait consacrées à maudire les lâches qui avaient voulu sauver leur peau en le dénonçant. Il saurait se venger en temps voulu. *Je leur ferai payer ! Si je m'en sors...*

Il le savait : tant qu'il restait à Antibes, il n'avait pas à craindre pour sa tête. Mais si on le transférait à Paris, il risquait de rencontrer le même destin que Robespierre. Sa vie était désormais entre les mains de stupides hommes politiques, à plusieurs centaines de kilomètres de là.

Les fous...

Le 15 août, Bonaparte avait fêté son vingt-cinquième anniversaire à l'ombre. Il n'avait pas reçu de traitement de faveur - à vrai dire il n'en avait pas demandé : seul son aide de camp, son cher Jean-Andoche Junot, le lui avait souhaité. On avait autorisé à le visiter régulièrement son secrétaire, qui lui rapportait les dernières nouvelles. À Paris, on discutait. Paul Barras en particulier, artisan de la chute de Robespierre, tenait le crachoir. Ce même Barras qui lui avait donné sa chance quelques mois plus tôt au siège de Toulon en le soutenant face à l'incompétent général Carteaux.

– Il veut jouer le rôle de votre avocat, lui avait glissé Junot. Il tente de vous faire sortir. Mais rien de certain. Nous devrions peut-être songer à une autre solution.

Bonaparte s'était assis par terre.

– À quoi penses-tu ?

– Le fort Carré donne sur la mer. Vos hommes vous sont suffisamment fidèles pour envisager une discrète… opération de sauvetage, à la faveur de la nuit. Nous avons un plan. Et d'ici quelques jours, nous pourrions…

– Pas question ! avait rétorqué Bonaparte.

Junot l'avait dévisagé avec incrédulité.

– Soyons patients, avait expliqué Napoléon, et parions que la justice passera. Si je m'évade, mon nom sera terni. Puisque je suis innocent, je dois prendre ce risque.

Bonaparte avait donc attendu. Chaque matin où le soleil venait frapper les barreaux de sa cellule était un jour gagné sur la guillotine.

Le 20 août 1794, la fortune lui avait donné raison. L'enquête avait fait chou blanc, les bonnes personnes avaient parlé en sa faveur. Saliceti avait été contraint de rédiger un nouvel arrêté, de remise en liberté cette fois.

Junot était venu le chercher à sa sortie de cellule et lui avait tendu un pli. Le sceau de Barras. L'ex-prisonnier avait décacheté l'enveloppe. « Je vous félicite pour votre libération. Je suis sûr que vous saurez vous en montrer digne et vous rappeler qui en est à l'origine. Votre dévoué Paul Barras. »

En laissant sa geôle derrière lui, Bonaparte avait vite oublié cette lettre et respiré le bon air de la mer et des arbres. La liberté n'avait jamais senti aussi bon. L'humiliation de la calomnie était derrière lui et il s'était alors fait une promesse :

Plus jamais.

Chapitre 14

16 octobre 1799, 20 h 35
Appartements de Barras, palais du Luxembourg

Barras l'avait sorti de prison et voilà qu'il voulait l'y remettre. Mais la donne n'était plus la même. Il était désormais le grand général victorieux acclamé des Français.

– Je ne suis pas rentré pour repartir à la guerre, pas plus que pour croupir dans une cellule. J'ai des idées pour réformer le pays.

– Beaucoup de choses ont changé en votre absence, siffla Barras. Vous ne pensez tout de même pas qu'on vous a attendu pour préparer la suite ? Quoique vous ayez quitté l'Égypte, vous ignorez encore la France.

– Au contraire ! Ce n'est pas vous qui l'avez traversée de bout en bout ces derniers jours. Où étiez-vous pendant ce temps ? Ici, à déguster vos festins.

– Justement, c'est vraiment du gâchis, soupira Barras en désignant la tablée qui s'étalait sous leurs yeux.

Le directeur trempa son index dans une sauce, le porta à sa bouche et se fendit d'une mimique ébaubie.

Écœurant. Napoléon détourna le regard tandis que Barras continuait :

– Tous ces délicieux mets auxquels vous ne faites pas honneur… J'en garantis pourtant la qualité, au moins égale à celle des repas servis dans les tentes des généraux.

La poitrine de Bonaparte se serra. Ses soldats devaient se contenter d'une nourriture infecte. C'était tout le système d'approvisionnement qui était vérolé. Les uniformes neufs qu'on leur livrait étaient en réalité des fripes rapiécées. Il avait même vu des chevaux supposés frais s'écrouler morts de fatigue, moins de vingt-quatre heures après être arrivés sur le terrain.

– Les fournisseurs aux armées, parlons-en ! La corruption règne. Ils s'entendent au plus haut niveau du gouvernement pour partager les énormes bénéfices qu'ils réalisent au détriment du Trésor public et du confort des soldats. Je suis général des armées, Barras ! Vous pensiez que vos petites combines échapperaient à ma vigilance ?

– Je ne vous permets pas !

Face à la détresse de ses soldats, Bonaparte avait enquêté. La responsabilité du gouvernement était évidente.

– Niez-vous avoir favorisé la compagnie des frères Bodin pour l'obtention des marchés ? Ce n'est pas moi qui mérite la prison, c'est vous ! Je devrais vous dénoncer !

Contre toute attente, Barras se saisit d'un édredon, s'allongea sur un canapé en calant le coussin sous le bas de son dos et dit simplement :

– Mais vous ne le ferez pas.

Puis le directeur ferma les yeux et se tut. *Son culot n'a aucune limite !*

– Vous êtes bien sûr de vous.

Les paupières closes, Barras murmura :

– C'est que... je ne suis pas le cerveau du dispositif. Il a été imaginé par quelqu'un de bien plus brillant que moi.

– Qui ? interrogea Bonaparte.

Barras se redressa légèrement en grimaçant comme si cela lui demandait un effort. Pourtant, lorsqu'il ouvrit les yeux, son regard pétillait de malice.

– Je ne voudrais pas ajouter à la peine que vous éprouvez déjà à cause d'un être qui vous est cher...

Qu'est-ce qu'il raconte ? Le cerveau de Napoléon était en surchauffe.

Soudain, l'évidence. *Joséphine.* Bonaparte chercha un fauteuil et s'y effondra. Barras s'était tout à fait redressé sur son canapé.

– Il faut la comprendre, expliqua-t-il d'une voix sucrée. Elle n'avait plus de nouvelles de vous... La connaissez-vous vraiment, général ? Avez-vous conscience des épreuves qu'elle a traversées, dc la forcc qu'elle en a tirée ? Sa résilience est digne d'admiration. Dès qu'elle se sent menacée, elle se protège.

Napoléon avait rencontré Joséphine quatre ans plus tôt. Ils s'étaient mariés au bout de quelques mois puis, le surlendemain, il était parti en Italie pour sa première campagne. Combien de temps avaient-ils passé ensemble depuis ? Quelques dizaines de jours tout au plus. Connaissait-il vraiment la femme qu'il avait épousée ? Chaque fois qu'il avait tenté de la faire parler d'elle, Joséphine avait posé un doigt sur sa bouche et dissipé sa curiosité dans des plaisirs charnels. C'était presque devenu un accord tacite entre eux : on n'évoquait pas le passé. Barras continuait.

– Des rumeurs rapportaient votre mort dans des contrées hostiles. Il fallait bien qu'elle s'assure quelques profits en cas de mauvaise nouvelle. Oh ! de menues commissions, rien de plus.

– Elle a été à bonne école avec vous, trouva-t-il la force de répondre.

– Voilà encore un compliment que je ne mérite pas : Joséphine a toujours été intrigante, vous le savez et vous en avez vous-même bien tiré parti. C'est d'ailleurs elle qui m'a convaincu de vous accorder l'expédition en Égypte.

– Cela faisait bien vos affaires ! En m'expédiant au loin, vous pouviez mener vos trafics scandaleux !

Barras leva les yeux au ciel.

– Grandissez un peu ! Nous n'avions pas le choix. L'État était à sec. Joséphine a suggéré de trouver un fournisseur qui soit d'accord pour livrer les armées sans être payé en argent. Elle a déniché la compagnie des frères Bodin.

– Ils travaillaient gratuitement ?

– Non, évidemment. Nous avons accepté de leur vendre à bas prix des biens immobiliers confisqués à la Révolution...

Bonaparte réfléchissait à toute vitesse. Le dispositif était ingénieux.

– Et en retour, ils vous versaient des commissions arrière en les revendant au prix fort...

Barras frappa dans ses mains et le pointa du doigt.

– Exactement ! Mais comme je vous le disais, l'idée n'est pas de moi.

Joséphine. L'intelligence diabolique de son épouse laissait Bonaparte pantois. Il tenta d'estimer mentalement l'ampleur du trafic. Une pièce manquait sur l'échiquier : il fallait bien qu'un intermédiaire se charge d'écouler en toute discrétion les immeubles, car ni Barras ni Joséphine n'auraient eu l'idée folle de s'y mêler en personne.

– Qui d'autre ? questionna-t-il. Il vous fallait un homme de paille. Quelqu'un en qui Joséphine et vous aviez confiance. Quelqu'un qui présentait bien...

Barras eut soudain l'air faussement gêné. Il regarda ses souliers en souriant, levant les mains comme s'il n'y était pour rien.

Non... Pas lui...
– Hippolyte Charles ! rugit Bonaparte.
Barras eut une moue de compassion.
– C'est qu'il a jolie figure et...
– ... et l'élégance d'un garçon perruquier !
Cette fois, Bonaparte céda à l'appel du vin. Sautant de son fauteuil, il manqua de bousculer Barras et se précipita vers la table. Il avala une grande rasade, cul sec à même la carafe et se mit à tousser.
– Vous me dites que vous voulez divorcer, fit Barras. Moi, je constate surtout que vous êtes toujours amoureux. Peut-être même davantage après avoir découvert l'étendue des talents de notre chère Joséphine ?
La toux de Napoléon redoubla. Barras lui prodigua quelques tapes franches du plat de la main dans le dos.
– Vous faites toujours tout trop vite, le réprimanda-t-il. Il faut prendre le temps de manger en même temps que l'on boit.
Sur ces mots, il entreprit de découper une part de tourte.
– Tenez, prenez-en un peu, je la fais préparer selon la recette de Toutain : vous égouttez des champignons et vous les faites sauter au beurre, puis...
– Comment pouvez-vous perdre autant de temps à vous bâffrer ? parvint enfin à articuler Bonaparte.
– Comment voulez-vous faire de la politique autrement ? J'offre des festins pendant que vous remportez des batailles.
Napoléon soupira.
– J'aurais dû écouter Joseph. Mon frère m'avait prévenu que Joséphine fricotait avec Charles dans des opérations malhonnêtes.
– Et comment croyez-vous que Joseph l'ait appris ?
Bonaparte étouffa, comme si une main se refermait sur sa gorge.

– Eh oui, continua Barras. Votre frère aussi convoitait cette affaire. Mais il se l'est fait souffler par Joséphine...

Cerné de toute part. C'en était trop. Terrassé, Bonaparte retourna s'asseoir dans le fauteuil et se perdit dans la contemplation de ses bottes. Le feu qui brûlait dans l'âtre se reflétait sur leur cuir noir.

– Vous comprenez, conclut le citoyen directeur d'un sourire carnassier, pourquoi vous ne direz rien. Faites tomber le Directoire, à votre guise ! Mais gare à ceux que vous entraînerez dans sa chute.

Bonaparte empoigna les accoudoirs du fauteuil comme pour les arracher.

Détruire le Directoire, c'était condamner Joséphine.

Chapitre 15

16 octobre 1799, 20 h 45
Appartements de Barras, palais du Luxembourg

Barras observait Napoléon. Le grand général s'était ratatiné dans son fauteuil.

– Vous avez détourné Joséphine du droit chemin ! Et vous en avez fait votre chose…

Le directeur secoua la tête en reposant sa tourte sur son plat.

– Croyez-moi, Mme de Beauharnais n'avait pas besoin de Paul Barras pour devenir celle qu'elle était, ni celle qu'elle est aujourd'hui.

– Elle n'aurait pas trempé dans les magouilles sans vous. Elle n'en aurait même pas eu l'occasion.

– Joséphine aime l'argent, vous le saviez en l'épousant. Depuis la mort du commandant de Beauharnais, elle vit dans la crainte d'en manquer. C'est une survivante. Beaucoup de généraux n'ont pas la moitié de son courage.

Napoléon tripotait nerveusement les plis de sa chemise. Il avait vidé son sac, fait le malin, tenté de l'intimider… Depuis la Révolution, les jeunes se rebellaient souvent contre leurs aînés, c'était ainsi. Mais Barras n'était pas n'importe quel aîné et il avait remis sa créature à sa place.

– L'argent, reprit le directeur, c'est ce qui fait tourner le monde. Vous ne pensez qu'au fracas du canon, sans réfléchir aux liquidités nécessaires pour faire parvenir la poudre jusqu'au front ou payer la solde de vos soldats. Heureusement que Joseph est l'aîné de votre famille : autrement vous la conduiriez droit à la banqueroute.

Bonaparte tourna la tête vers la cheminée. Barras savait que Napoléon nourrissait depuis toujours le complexe d'être puîné. Cependant, sa pique était injuste, car il valait beaucoup mieux que Joseph ; mais tant de choses étaient injustes...

– Il n'y a eu aucune commission d'enquête ? s'enquit le général d'une voix sourde.

– Si, répondit Barras. Mais il fallait bien protéger Joséphine. Nous avons révoqué le secrétaire général du ministère, le frère du ministre, deux chefs de division et un chef de bureau.

– Rien que ça ? ironisa Bonaparte. Corruption partout... Vous contrôlez toujours tout dès qu'il s'agit de votre intérêt et de celui de vos amis.

– C'est important, les amis.

– Plus important que la nation, rongée par la misère et bientôt par la guerre civile ! Le Directoire est gangrené par les malversations et les pots-de-vin. L'argent coule à flots, mais pas dans les bonnes poches. Vous en avez bien profité ! Et Joséphine aussi.

Barras eut un mouvement d'humeur. *Il ne va pas remettre ça !*

– Joséphine en avait besoin, le montant de ses dettes dépasse le million, déclara le directeur.

– Quoi ?! s'épouvanta Napoléon.

– Elle s'est livrée à des spéculations hasardeuses. Des mines d'or en Afrique... qui ne renfermaient pas d'or.

Barras marqua un temps pour laisser Napoléon digérer l'information avant de mettre un point final à ses fanfaronnades.

– Et si vous lisez bien votre contrat de mariage, vous en êtes solidaire, Bonaparte. Autant dire que vous êtes ruiné. Vous voulez sauver la France ? Il va d'abord falloir sauver vos finances. Et ce ne sera pas facile depuis une prison.

Écrasé par ces révélations, Bonaparte semblait rétrécir à vue d'œil. Barras s'attendait à tout moment à le voir disparaître dans le fond du fauteuil.

– Nous revendrons la Malmaison, décida le général. On m'a rapporté qu'elle l'avait achetée une fortune pendant que je me battais en Égypte !

Barras croisa les bras, tâchant de se rappeler le montant exact de la transaction.

– Trois cent vingt-cinq mille francs, finit-il par énoncer. Plus trente-sept mille cinq cent seize francs pour le mobilier, si mes souvenirs sont justes.

Bonaparte parut estomaqué.

– On m'avait annoncé cent mille francs de moins... Mais, attendez, étiez-vous avec elle pour être aussi précis ?

Barras se contenta de sourire. Oui, il avait supervisé l'achat du manoir et il avait, à sa demande, abreuvé Joséphine de conseils en investissement. C'est que la demeure valait bien que l'on prête une certaine attention à la transaction : le château, situé à quelques encablures de Paris, à Rueil-Malmaison, était une formidable bâtisse de style Renaissance, aux façades blanches et aux fenêtres hautes, dont Bonaparte et elle étaient instantanément tombés amoureux. La somme dont elle s'était délestée pour l'acquérir, considérable, avait été en partie ponctionnée sur la fortune que le général avait rapportée d'Italie. Mais pas seulement. Il était inutile d'entrer dans les détails.

– Sur mes conseils, Joséphine a payé cent mille francs sous le manteau pour diminuer les droits de mutation.

– Donc en trompant le Trésor public !

Barras éclata de rire. *Indécrottable Bonaparte !*

– Je suis français avant d'être membre du Directoire. Frauder le Trésor est un sport national, et je ne fais pas exception.

L'expression de Bonaparte était passée de la surprise à la consternation.

– Nous allons revendre cette folie immédiatement.

– « Nous » ? N'avez-vous donc pas lu l'acte d'acquisition ? Joséphine a acheté la Malmaison en son nom propre.

Bonaparte bondit de son fauteuil comme un diablotin de sa boîte, les poings dressés. Barras tendit instinctivement ses mains devant lui pour se protéger.

– Je plaide l'innocence ! Joséphine l'a décidé seule.

Bonaparte s'effondra à nouveau dans son fauteuil.

Un élancement au bas de son dos rappela à Barras qu'il était temps de mettre fin à cet entretien.

– Allons, conclut le directeur, vous voulez changer le monde ? Soit. Mais cela coûte de l'argent et vous n'en avez plus. Gardez vos rêves bien au chaud pour plus tard et repartez vous faire une santé et une fortune sur un nouveau champ de bataille.

Avachi dans son fauteuil, Bonaparte se taisait, fixant ses bottes. Un instant, Barras éprouva de la compassion. Au fond, quelque part, le général méritait ce titre de Sauveur de la nation. Il avait conquis des territoires sur l'ennemi, avait rempli les caisses de l'État... et les siennes. En retour, sa femme l'avait trompé et Barras ne l'en avait pas empêchée - il en avait même profité. Mais la vie en avait décidé ainsi. Le général n'était jamais autant à sa place que sur un cheval au milieu des combats.

– Que diriez-vous de retourner en Italie ou en Autriche ?

Un pays pas trop lointain pour qu'il puisse revenir rapidement si Barras avait besoin de l'armée en urgence pour se maintenir au pouvoir.

Bonaparte s'anima soudain, comme réveillé d'une profonde léthargie.

– J'ai déjà passé quatre ans sur les champs de bataille, loin de la France. Toutes ces années, vous n'avez eu de cesse de m'éloigner d'ici. De m'éloigner pour comploter dans mon dos, vous et Joséphine. À imaginer vos petites combines à deux et je ne sais quoi d'autre.

Si seulement tu savais ! songea Barras en détournant le regard.

Chapitre 16

5 avril 1799, 7 h 20
Chambre à coucher de Barras, palais du Luxembourg

Des coups de boutoir résonnaient derrière le portail à double battant de son hôtel particulier. Barras observait, pétrifié, l'énorme poutre de bois transversale faisant office de verrou se mettre à trembler. Elle se courba sous les offensives des béliers des manifestants qui hurlaient à l'extérieur. Soudain la poutre se fendit, puis explosa. La double porte s'ouvrit et une marée de morts vivants affamés se déversa dans la cour de l'hôtel, engloutissant tout sur son passage. Barras fut balayé par la horde en haillons, piétiné par des dizaines de sabots boueux. Il se réveilla en sursaut.

Les coups de bélier résonnaient encore entre ses tempes. Une atroce migraine avait pris la place de la foule et assiégeait maintenant le fond de ses globes oculaires. Barras respira bruyamment. La bouche pâteuse, il se demanda ce qu'il avait fait la veille pour être aussi mal en point. Son esprit embrumé ne lui apporta aucune réponse.

Un grognement lui fit soudain réaliser qu'il n'était pas seul dans son lit. Bon sang, avec qui avait-il passé la nuit cette fois ?

Au prix d'un effort qui lui sembla surhumain, il se redressa. Le mouvement redoubla la fréquence des coups qui défonçaient sa boîte crânienne.

Rose poussa un nouveau soupir et s'étira. Soulagé, Barras se laissa retomber sur son lit. À peine réveillée, son amante s'aspergea du parfum posé sur sa table de nuit et se gargarisa dans une petite bassine placée par terre à cet effet. Comment allez-vous mon ami ? fit-elle enfin. Vous étiez en forme hier !

– Vous m'avez ensorcelé, je ne me souviens de rien.

Rose se penchait maintenant vers lui, un éventail devant sa bouche.

– Vraiment ?

Il ne devait pas avoir bonne mine car Rose ne se fit pas prier pour lui rafraîchir les idées.

– Nous avions commencé à travailler avant souper mais nous avons vite été interrompus par le fils du vicomte de la Taillanderie qui demandait audience. Il était tellement insistant que votre valet l'a laissé entrer.

Barras opina du chef. Ce nom lui disait quelque chose en effet. Le vicomte s'était vu confisquer tous ses biens à la Révolution puis s'était exilé pendant la Terreur. Il avait attendu un régime plus stable pour rentrer, ce qu'il avait fait deux ans après la création du Directoire. Le bougre osait maintenant réclamer ses anciennes possessions – il pouvait s'estimer heureux d'avoir conservé sa tête ! Pire : il envoyait son fils quémander à sa place. Barras l'avait déjà éconduit à plusieurs reprises mais le fils du vicomte ne lâchait pas l'affaire.

– J'espère que je l'ai foutu dehors !

Rose lui lança un regard amusé.

– Voyons Paul, c'est moi qui ai fini par le renvoyer. Vous, vous l'auriez bien gardé toute la nuit !

Rose sembla lire dans ses pensées et reprit.

– Vous étiez en effet bien décidé à l'éconduire. Mais en le voyant, une autre idée a germé dans votre esprit... Vous lui avez demandé de se déshabiller et de nous divertir. Nous nous sommes mis à boire, beaucoup. Et nous nous sommes bien amusés avec le fils du vicomte.

Barras s'en souvenait plus distinctement à présent : un solide gaillard, bien bâti, qui avait perdu tous ses moyens quand il s'était retrouvé en tenue d'Adam.

– Il était tellement mignon, minauda Rose. Et si inexpérimenté ! Il en aura appris des choses en une soirée. J'ai fini par libérer ce pauvre garçon qui est parti sans demander son reste.

La brume qui obscurcissait les pensées de Barras s'était tout à fait dissipée. Les réminiscences de la veille lui chatouillaient même à présent le bas-ventre. Il se rapprocha de Rose pour l'entreprendre. Cette dernière recula.

– Halte-là. Nous n'avons pas pu travailler hier soir mais nous ne ferons rien ce matin tant que nous n'aurons pas rattrapé ce retard. Nous avons des questions urgentes à régler.

Rose semblait tout à fait sérieuse et Barras savait qu'il n'aurait pas gain de cause. Elle se leva du lit pour aller chercher un petit carnet. Qu'elle était belle quand elle était nue ! Elle s'empara d'un crayon à papier puis le rejoignit sous les draps.

– Commençons par Radignon.

– Qui est-ce ? grommela Barras.

– Ne mettez pas tant de mauvaise volonté mon ami, sinon nous n'en finirons jamais. Vous savez bien que Radignon est le tanneur qui fournit les peaux aux selleries de l'armée.

– Oui, eh bien ?

Rose fronça les sourcils, ce qui retroussa encore davantage son petit nez. Elle tourna une page et pointa une ligne avec son crayon. Il eut envie d'elle. Maudit carnet qui contrariait ses désirs !

– Il ne nous a reversé que quinze pour cent de rétrocommissions, constata-t-elle. N'avions-nous pas convenu de vingt pour cent ?

Joséphine n'était décidément pas facile à tromper.

– Quinze pour cent pour notre cagnotte commune et cinq pour cent pour ma cassette personnelle. Vous savez bien que...

– Vous aviez promis de ne plus prendre de commission pour votre cassette personnelle ! s'insurgea-t-elle. Cela fait maintenant des années que nous travaillons ensemble ; si vous n'êtes pas satisfait de mon travail, dites-le-moi.

– Vous me saignez encore, gémit Barras.

Rose ferma son carnet et fit mine de bouder. C'était comme cela qu'elle était le plus charmante.

– C'est entendu, je vous rendrai cette somme. Finissons vite s'il vous plaît.

Pendant plusieurs minutes interminables, Rose égrena les faveurs demandées par toutes sortes d'entreprises et de particuliers auprès du Directoire. Leurs décisions, consciencieusement consignées par Rose sur son carnet, suivraient une mécanique désormais bien huilée : des dizaines de billets seraient distribués aux ministres concernés, poursuivraient leur course dans les différentes administrations, se promèneraient de service en service jusqu'à échouer sur le bureau d'un responsable de division qui, impressionné par les illustres apostilles qui les recouvriraient, s'évertuerait à y répondre de son mieux.

Barras souffla de soulagement quand Rose referma enfin son carnet. Pourtant, celle-ci se tourna de nouveau vers lui :

– Vous ne me demandez pas des nouvelles de Fouché ?

Non, il n'avait aucune envie de penser à l'horrible chef de la police, le moyen le plus sûr pour étouffer tout désir ! Depuis plusieurs mois, Rose en était devenue l'amante occasionnelle. Elle pouvait ainsi recueillir sur l'oreiller toute confidence susceptible d'intéresser le Directoire, et Barras en particulier. Ces dernières semaines, les manifestations contre le gouvernement s'était multipliées, probablement orchestrées par des royalistes ou des jacobins. Les renseignements de Fouché seraient précieux pour déjouer leurs plans. Une enclume se forma dans la poitrine de Barras. Fouché était puissant, il contrôlait le peuple de Paris. Le Directoire avait besoin de lui. Décidément cette matinée débutait aussi mal que la soirée de la veille s'était bien terminée.

– En effet, que dit-il ? grogna Barras.

– Il recommande de ne pas s'inquiéter et de dormir tranquille. Cela devrait vous rassurer, c'est l'homme le mieux renseigné du pays.

Comment pouvait-on être rassuré par une personne aussi fourbe que Fouché ?

– Pensez-vous qu'il nous soit acquis ? s'inquiéta Barras.

Rose leva les yeux au ciel.

– Voyons, Paul, vous savez bien que Fouché n'est acquis qu'à lui-même. Il est présent partout pour faire croire qu'il n'est nulle part. Il prendra le parti du vainqueur, quel qu'il soit, dans la dernière ligne droite.

Le poids dans la poitrine de Barras avait doublé de volume. Rose sembla s'en rendre compte et entrepris de masser ses membres. Sa respiration ralentit doucement et une agréable torpeur s'empara de son cerveau. C'est tout juste s'il réalisa qu'elle s'était mise à califourchon sur lui. L'esprit engourdi, le corps tout entier résumé en un seul point, il s'abandonna au plaisir. Ils gardèrent le silence plusieurs minutes pour reprendre leur souffle.

– J'ai quelque remords de tromper notre Napoléon pendant qu'il combat dans le désert, laissa échapper Barras. Mais, après tout, je vous connaissais avant lui. Et je suis son patron.

Ce constat lui fit du bien. Il était le chef du Directoire, donc le chef des armées, et par conséquent celui de Bonaparte, tout grand général qu'il fût.

– Avouez que vous prenez plus de plaisir avec moi qu'avec lui.

– Ne vous moquez pas. Ses maladresses au lit sont attendrissantes.

Barras regretta d'avoir abordé ce sujet. Quelle bêtise de ramener Bonaparte dans leur couche alors qu'il avait tout fait pour l'éloigner de Paris ! Mais c'était plus fort que lui maintenant, il fallait qu'il sache. Il insista :

– Mais vous prenez plus de plaisir avec moi qu'avec lui.

– Au lit, oui c'est vrai.

Barras souffla. Rose plaça un coussin sur sa poitrine et le serra dans ses bras.

– Cependant, ajouta-t-elle, c'est un garçon étonnant. Quand vous me l'avez présenté, j'ai tout de suite vu qu'il était différent. Il est malade de timidité avec les femmes, mais il fait des merveilles à la guerre. J'ai constaté en Italie combien il est obéi et admiré par ses hommes. Il est courageux et audacieux. Ça lui réussit bien d'ailleurs, il gagne à tous les coups.

Barras se tourna vers elle, s'empara du coussin et le jeta au loin.

– Comment Bonaparte peut-il être aussi immature et pourtant si remarquable sur les champs de bataille ? se demanda-t-il à haute voix.

– C'est que vous n'avez pas lu le roman qu'il a écrit avant que vous ne me le présentiez. À l'époque, vous le laissiez encore croupir dans un placard de l'administration.

Barras éclata de rire. Après la mort d'Augustin de Robespierre, entraîné sur le billot par la chute de son frère, Bonaparte s'était retrouvé sans protecteur. Aucun général ne voulait plus le prendre dans son armée. Barras l'avait muté au service des cartes et tous l'avaient peu à peu oublié. Il était resté plusieurs mois au fond du trou. Pas étonnant qu'il ait trouvé le temps d'écrire un roman !

– Et vous l'avez lu, vous, ce roman ? fit-il en caressant la femme du général.

– Lui me l'a lu, glousssa-t-elle en se laissant faire.

– Racontez-moi ! murmura-t-il en passant sous les draps.

Rose se redressa sur le lit en lui faisant les gros yeux.

– Seulement si vous cessez de me distraire !

Barras connaissait suffisamment sa partenaire pour comprendre que c'était une invitation à continuer. D'ailleurs elle poursuivit :

– C'est l'histoire de Clisson et Eugénie.

– Clisson, quel prénom ridicule !

– Si vous vous moquez, bouda Rose, je ne vous raconte plus rien.

Soudain, elle sursauta et poussa un petit cri. Barras avait touché un point sensible. Elle lui donna une petite tape sur la tête en riant.

– Voici l'histoire. Clisson, un jeune militaire, aime Eugénie. Mais Eugénie trompe Clisson avec d'autres hommes...

Barras sortit à nouveau la tête des draps.

– C'est un roman autobiographique ?

– ... Alors Clisson fait une grande déclaration à Eugénie.

Rose se redressa sur le lit et jeta un bras en avant, grande tragédienne.

– « L'on m'a ravi ton cœur. Réjouis-toi de ma mort, maudis ma mémoire et vis heureuse. »

Satisfaite de son interprétation, elle tourna vers le directeur des yeux attendris.

– Une déclaration d'amour digne d'un poète !

– D'un puceau surtout ! rétorqua Barras. Et puis je trouve qu'il abandonne bien vite l'amour de sa vie, votre Clisson.

Il se pencha vers Rose et la serra dans ses bras.

– Moi, je ne l'aurais pas laissée partir si facilement, la petite Eugénie.

Rose se dégagea de son étreinte.

– Attendez la fin ! Clisson se met alors à la tête d'un escadron, se jette dans la mêlée, gagne la bataille et expire percé de mille coups. Il remporte ainsi une double victoire.

Elle soupira.

– C'est beau, non ? Clisson est un héros !

Barras reprit son assaut.

– Je vais vous montrer, moi, ce qu'est un héros !

Cette fois, Rose ne protesta pas.

Chapitre 17

16 octobre 1799, 21 heures
Appartements de Barras, palais du Luxembourg

Barras souriait. Ils avaient passé de bons moments avec Rose. Et ils continueraient, une fois cette crise derrière eux. Ses autres partenaires d'un soir avaient l'avantage de la nouveauté mais n'arrivaient pas à la cheville du savoir-faire et de l'intelligence de Mme Bonaparte. Il fut interrompu dans ses rêveries par Napoléon qui avait repris la litanie de ses récriminations.

– Vous n'avez cessé de comploter avec Joséphine contre moi !

Le sourire du directeur s'effaça.

– Bonaparte, il est temps que le jeune militaire fougueux devienne adulte. Je vous aiderai demain lors de votre audition et vous repartirez aussitôt en campagne. Vous me remercierez plus tard. Allez vous coucher maintenant !

Mais le général continuait sur sa lancée sans l'écouter.

– Oh ! je savais qu'elle vous ressemblait plus qu'à moi, en effet. Tromper le Trésor, multiplier les aventures, laisser courir les rumeurs les plus obscènes, s'enrichir sur mon dos, s'endetter... et s'enticher d'un vieillard pour payer ses toilettes !

– Ne déversez pas votre bile sur Gohier, général. Le seul défaut du président du Directoire est de s'être amouraché de votre épouse, qui lui en a donné toutes les raisons. Mais c'est un citoyen honnête et dévoué, un révolutionnaire de la première heure !

Barras s'en voulut aussitôt d'avoir relancé une conversation politique.

– Ce n'est pas Gohier qui arrêtera la menace jacobine, remarqua Napoléon.

– Les Jacobins se discréditent chaque jour davantage à cause d'une poignée d'excités qui prônent le retour à la Terreur. Nous leur porterons le coup de grâce le moment venu. Et je ferai appel à vous et votre armée si c'est nécessaire.

– Le coup de grâce ? rugit Napoléon. Gohier est le symbole d'un régime en fin de vie, tout comme vous. La Révolution doit être sauvée, sinon les Bourbons reviendront pour l'anéantir. Il faut une poigne de fer pour cela. Et surtout il faut une nouvelle Constitution...

Une crampe qui ne présageait rien de bon traversa le bas du dos de Barras. La Constitution était un serpent de mer qui avait donné lieu à d'infinis débats ces dernières semaines. Il soupira.

– Vous parlez comme Sieyès. Notre ex-abbé court dans tout Paris en criant que notre Constitution n'est pas la bonne.

– Vous critiquez déjà votre nouveau collègue ?

Sieyès. L'ancien chancelier de la cathédrale de Chartres, auteur des *Essais sur les privilèges*, s'affichait comme un réformateur. Barras l'avait fait entrer au Directoire pour contrer les Jacobins et sauver une fois de plus son poste. Il avait espéré que les honneurs de la fonction modéreraient les ardeurs démocratiques de l'ancien abbé. Il n'avait pas fallu quatre mois pour que Sieyès insupporte tout le monde avec ses grandes théories philosophiques.

– Je navigue dans la haute mer de la politique depuis suffisamment longtemps pour voir ses manœuvres. Il manigance quelque chose.

– Allons, Sieyès a parfois des aperçus lumineux.

– Joséphine ne s'y était d'ailleurs pas trompée. Oh ! ne faites pas cette tête, Bonaparte, c'était avant que je vous la présente. L'abbé était promis à un bel avenir, elle le recevait donc régulièrement...

Sombre, le général marcha vers la fenêtre. Il s'arrêta à deux mètres des rideaux, comme si une force invisible l'empêchait d'approcher trop près. Dans la pénombre, Barras devina que sa main s'était remise à trembler.

– Bon Dieu ! finit par cracher le Corse. Il faut toujours se méfier des prêtres défroqués.

– Dès que Sieyès a su votre retour, il vous a qualifié de « soldat rebelle que l'on devrait fusiller ». J'imagine que vous êtes quittes. Il ne veut confier des portefeuilles qu'à des agents sans caractère, attachés corps et âme au Directoire. Je vous le dis, l'abbé ne supporte que les exécutants. Vous ne pourriez pas vous entendre avec lui.

– Il est tellement rigide, si sec dans ses manières... Sieyès est sûrement l'homme le moins apte au gouvernement !

Et à l'équitation, s'amusa Barras pour lui-même. L'abbé s'était en effet mis en tête qu'un chef d'État ne pouvait être immortalisé en statue autrement que sur un cheval. Alors le philosophe avait commencé à prendre des leçons d'équitation, devenant par la même occasion une véritable attraction au jardin du Luxembourg : son allure gauche et raide réjouissait les promeneurs.

– Écoutez ! fit soudain Bonaparte.

Effectivement, du brouhaha parvenait de l'extérieur. Le directeur haussa les épaules : il avait l'habitude. Tous les soirs, quelques nostalgiques de la Révolution venaient manifester sous ses fenêtres à la lueur des flambeaux. Sauf les jours de pluie : la pluie avait toujours été contre-révolutionnaire. Bonaparte s'était rapproché des fenêtres et observait discrètement à travers les rideaux.

– Il y a même des enfants, remarqua-t-il.

– L'éducation n'est plus ce qu'elle était, soupira Barras.

Bonaparte se tourna vers lui en le pointant du doigt.

– Vous auriez fait pareil à leur âge.

– Je ne me souviens pas d'avoir eu leur âge.

– Ce n'est plus votre Révolution, c'est la leur.

– Ce n'est plus la Révolution de personne, général, se contenta de répondre le directeur.

La douleur rayonnait maintenant sur une bonne moitié de son dos. Cela faisait des mois qu'il sentait l'opinion basculer. Il n'avait pas eu besoin de Bonaparte pour entendre la grogne s'élever parmi le peuple - celui-là même qui avait conduit Barras aux plus hautes responsabilités. Le Directoire avait prêté le flanc aux attaques et il était affaibli. Et même s'il jouait les épicuriens insouciants, Barras n'ignorait rien des discussions secrètes et des manœuvres en coulisses pour renverser le régime. La seule véritable question était de savoir d'où viendrait l'attaque. Qui porterait le premier coup ? Et avec quels soutiens ? Voilà ce qui occupait son esprit.

Dehors, les manifestants ne semblaient pas prêts à aller se coucher. Pas plus que Bonaparte. Qu'avaient-ils tous ce soir ?

– Le vent tourne, citoyen directeur ! menaça le général. L'édifice est sur le point de s'effondrer, et vous êtes encore là, à placer des étais. Le Directoire est marqué au fer, il n'est plus question de le sauver. Tout ce qu'il touche est aussitôt corrompu.

– Y compris votre femme ? Vous savez ce que cela implique pour elle ?

– Je n'ai plus rien à attendre de Joséphine. Vous me conseillez de devenir adulte ? Soit. Je dois couper les ponts avec elle et avec le Directoire. Vous n'avez fait que me donner de bons arguments pour le faire. S'il faut en passer par là pour faire peau neuve, je consens à sacrifier mon cœur sur l'autel de la raison.

De la raison d'État plutôt ! En silence, Barras traversa le salon jusqu'au petit guéridon sur lequel était posée la *Gazette de France*. Il en ouvrit un tiroir, duquel il tira une pile de papiers et d'enveloppes. En quelques instants, il trouva celle qu'il cherchait.

Méfiant, Bonaparte s'approcha.

– Qu'est-ce que c'est ?

– Une lettre, voyons, que voulez-vous que ce soit ? Mais pas n'importe laquelle : elle me fut envoyée par un certain Napoléon Bonaparte...

Les yeux du Corse s'élargirent comme ceux d'un animal aux abois.

– Vous semblez avoir oublié cette délicieuse prose que vous m'aviez fait parvenir il y a quelques mois, jubila Barras. Vous y manifestiez un désir pressant d'intégrer le Directoire. L'opinion aura du mal à comprendre pourquoi vous souhaitez tant le détruire aujourd'hui.

Fou de rage, Napoléon tendit la main pour attraper le pli, mais Barras l'esquiva et secoua l'index en signe de désapprobation.

– Allons, allons... Pas de ça entre nous.

– Donnez-la-moi ! rugit le militaire.

– Un simple envoi de ma part - disons, à la *Gazette de France* - suffirait à les faire changer d'avis sur « le Sauveur de la nation », vous ne croyez pas ?

Chapitre 18

16 octobre 1799, 21 h 15
Appartements de Barras, palais du Luxembourg

Hypnotisé par la lettre qui dansait dans la main de Barras, Napoléon reprit ses esprits. Il se rappela avoir en effet formulé la demande d'entrer au Directoire. Quelle folie de l'avoir fait par écrit ! Comment avait-il seulement pu rédiger ces mots ? Tout lui revenait à présent. *Joséphine !* Encore elle. C'est elle qui le lui avait suggéré. « Vous méritez mieux qu'un simple poste de général, lui avait-elle susurré, montrez-moi de quoi vous êtes capable ! »

– Ce pourrait être un faux, articula-t-il enfin. Vous ne pouvez rien prouver.

– Qui osera accuser un directeur de contrefaçon ? Vous avez remporté de grandes batailles dans les campagnes, mais celle-ci se déroule sur un tout autre terrain. Vous risqueriez gros, à commencer par votre belle réputation. J'imagine déjà les titres : « Le général Bonaparte veut entrer au Directoire ! » Que diraient ceux qui chantent vos louanges parce qu'ils croient que vous voulez les en débarrasser ?

Barras replia la lettre, la déposa délicatement sur le manteau de la cheminée et se frotta les mains. Bonaparte calcula les risques : il pouvait avaler la distance qui l'en séparait en quelques enjambées et détruire la preuve dans le feu. Mais c'était indigne d'un homme de son envergure. Il pesta. Le directeur le connaissait bien.

– Ne m'obligez pas à éteindre l'enthousiasme populaire, commanda Barras. Votre célébrité servira le Directoire. Si vous ne quittez pas Paris pour rejoindre un nouveau champ de bataille, je ne pourrai pas vous aider. Et s'il faut vous protéger contre votre propre volonté, je le ferai : notre amitié m'est trop précieuse.

– Vos méthodes ne sont pas celles d'un ami.

– Réjouissez-vous plutôt que je vous livre mes petits secrets de longévité politique.

– Je n'en ai pas besoin !

Il se tourna vers la fenêtre et imagina la perspective de la rue de Tournon derrière les rideaux tirés. Puis jeta un œil sur la pendule qui indiquait vingt et une heures quinze. Il hésita un instant. *Pas tout de suite... C'est encore trop tôt.*

– Je vous sens confus, dit Barras sur un ton sirupeux. Allons, vous l'avez reconnu vous-même : je vous ai toujours protégé. Je compte évidemment vous défendre demain... et demander qu'on vous confie le commandement de toutes les armées.

Bonaparte se tourna brusquement vers Barras.

– Plaît-il... ?

– Vos oreilles fonctionnent bien, Bonaparte, et j'ai bien parlé du commandement de *l'ensemble* de nos armées, terrestres et maritimes. Vous serez le chef de guerre du Directoire.

Napoléon frémit. En tant que militaire, c'était le plus grand honneur auquel il pouvait prétendre. À trente ans qui plus est !

Jamais on n'avait vu cela... Comme par un curieux écho, les manifestants dehors entonnèrent *La Carmagnole*.

Général en chef de toutes les armées. Quelle revanche sur ses condisciples de l'école de Brienne ! De jeunes écervelés qui ne pensaient qu'à leurs jeux stupides au lieu de façonner leur destin. Ils avaient fait de lui leur souffre-douleur, dissimulant des seaux d'eau au-dessus de son armoire, jetant par la fenêtre ses livres sur les exploits d'Alexandre et César... Des envieux qui n'étaient arrivés à rien de comparable à ce qu'on lui proposait aujourd'hui. Le poste militaire suprême.

Quelle revanche sur sa famille qui le destinait, lui le cadet, à entrer dans les ordres !

Quelle revanche sur sa mère qui n'avait pas voulu voir son potentiel !

Infine capirete quale sò.

Chapitre 19

9 settembre 1777, 10 h 30
Casa Buonaparte, strada Malerba, Ajaccio

Du haut de ses huit ans, les poings serrés, Nabulione observa son grand frère, Giuseppe. Une fois de plus, son aîné refusait de reconnaître sa défaite. Pourtant, le champ de bataille qu'était devenue la chambre qu'ils partageaient ne laissait aucun doute.

Comme chaque dimanche, les deux frères s'étaient livrés à leur occupation favorite : se faire la guerre par soldats de plomb interposés. Ils avaient mis au point des règles précises, inspirées des jeux d'échecs. C'était tellement plus drôle de remplacer les pions par de vrais soldats ! Nabulione avait posté les siens aux points les plus stratégiques de l'arène. Il faisait avancer tirailleurs, fusiliers-grenadiers et fusiliers-chasseurs dans un bruit métallique qu'il imitait à la perfection. Il y mettait toute son énergie, houspillant ses fantassins fatigués, décimant les troupes de Giuseppe. Son frère lui reprochait son agressivité. Mais quoi ? Était-il possible d'obtenir une victoire autrement ? Il s'était emporté, bien décidé à gagner encore du terrain, annexer la salle d'eau, voire les chambres parentales. *Bâtir un empire.*

– Je n'ai plus envie de jouer, fit soudain Giuseppe. On arrête.

Dans ses yeux, Nabulione comprit que l'affaire était devenue personnelle : son grand frère avait assez perdu et semblait vouloir rétablir l'ordre normal des choses, l'ordre du sang.

– C'est moi le plus grand. Mère a dit que tu devais me laisser gagner. Range tes tirailleurs, ils n'auraient pas dû arriver jusque-là, ordonna Giuseppe.

– Pas question, je mérite la victoire, je suis le meilleur !

Pour toute réponse, Giuseppe prit une poignée de soldats et la lança à travers la chambre. Nabulione se leva, comme mû par un ressort. La hargne combattante qu'il avait insufflée à son armée de plomb s'était transformée en tempête furieuse qui dévastait l'intérieur de sa poitrine. Réfrénant ses larmes, il serra les poings jusqu'à blanchir ses phalanges. Il détestait cette grande courge informe qui voulait l'intimider.

C'est le moment que choisit Giuseppe pour faire valser ses soldats d'un coup de pied. Le tourbillon que Nabulione tentait de contenir le submergea. Un râle incontrôlé jaillit de sa gorge et il se jeta sur son frère avec une force étonnante qui les fit basculer au sol. Il le roua de coups, ses poings frappant à l'aveugle, partout où c'était possible. Nabulione n'était plus que colère. Colère et plaisir. Une jouissance intense qui s'était emparée de lui, comme il n'en avait jamais connu. Soudain son frère sembla reprendre ses esprits et empoigna les bras de Nabulione. Giuseppe pivota sur lui-même et Nabulione se retrouva à son tour dos au sol, emprisonné par le corps de son aîné qui le dépassait d'au moins deux têtes. Dans une frappe tactique et précise, Nabulione le mordit à pleines dents. Une ligne en pointillés rouge sang perla sur l'avant-bras de Giuseppe. Nabulione planta ses yeux dans ceux de son grand frère terrifié : la peur qu'il lut dans son regard lui procura une joie saisissante et totale, à la mesure de l'injustice d'être né cadet.

Giuseppe se leva d'un bond et courut dans le couloir, poursuivi par Nabulione. L'aîné dévala l'escalier qui menait au rez-de-chaussée. Nabulione comprit aussitôt ses intentions.

– T'es qu'un lâche, viens te battre, qu'on règle ça entre hommes.

– Quand Mère saura ça, hurla la grande courge en se retournant, tu vas voir ce qui t'attend.

Giuseppe disparut dans l'angle que faisait le couloir qui conduisait au grand salon. *Ce poltron ne sait que pleurnicher auprès des parents !* Pourtant, quand Nabulione vira à son tour dans le corridor, il aperçut son frère, figé devant l'embrasure de la double porte entrouverte. Il eut tout juste le temps de freiner pour ne pas le percuter. Giuseppe semblait tétanisé. Nabulione comprit immédiatement pourquoi : une nouvelle dispute des parents leur parvenait à travers la porte.

– Carlo ! criait Mère, je vous ai suivi partout, enceinte dans le maquis, dans les montagnes ; j'ai organisé toutes vos relations, je vous ai aidé à faire reconnaître la noblesse familiale, à obtenir une charge d'assesseur à la juridiction d'Ajaccio. Sans moi, la Casa Buonaparte ne serait restée qu'un taudis piétiné par les Pozzo di Borgo !

Nabulione détestait les Pozzo di Borgo, leurs voisins qui possédaient les étages supérieurs de la maison. Au gré de leur fortune, les Buonaparte avaient tantôt les moyens de racheter une pièce ou un étage, tantôt l'obligation d'en revendre une partie que les Pozzo se hâtaient de récupérer. De voisins, les Pozzo étaient rapidement devenus les ennemis jurés de la famille Buonaparte. Nabulione avait vite compris que tout était question de territoires et d'incidents diplomatiques. Comme cette fois où un pot de chambre des Pozzo et son contenu avaient malencontreusement atterri sur le balcon des Buonaparte.

Les deux frères tendirent l'oreille et se rapprochèrent de la porte.

– Ma Letizia, bredouilla Père, je dois vous reconnaître ces dévouements... Je vous en remercie.

La voix de Mère monta dans les aigus :

– Et tout ça pour quoi ? Pour que vous laissiez filer toutes les dépenses jusqu'à notre ruine ? Savez-vous que nos voisins n'attendent qu'un faux pas de notre part pour récupérer les étages inférieurs ?

Giuseppe profita du silence qui suivit pour pousser la porte et pénétrer dans le grand salon. Nabulione tenta de le retenir. Trop tard : il se retrouva dans la pièce avec son grand frère. Ce qu'il y vit le paralysa. Sa mère debout le visage menaçant ; son père assis, penaud, la tête basse. Vaincu. Nabulione eut honte pour lui. Depuis tout petit, on lui avait rapporté les combats vaillants de son géniteur dans les troupes de l'indépendantiste insulaire Pasquale Paoli, face aux Français. Difficile de croire que c'était l'homme assis devant lui, mou et affaissé dans son fauteuil, habillé comme un coquet de la cour. Ce qui se racontait sur les bancs de son école était probablement vrai : son père avait lâché le héros de l'indépendance, ce n'était qu'un traître vendu aux Français. Nabulione avait eu la chance d'apercevoir le grand Paoli plusieurs fois. Quel contraste avec le dandy avachi qu'il avait sous les yeux : Paoli avait les mains rugueuses, le vêtement froissé, l'allure militaire ; il serait son modèle, le seul qui avait du sens. Et à la hauteur duquel Giuseppe ou son père ne seraient jamais.

Mère se tourna aussitôt vers eux. Giuseppe était un lâche mais il fallait reconnaître que c'était un bon comédien. De fausses larmes lui mouillèrent les joues. Il en rajoutait, le traître ! Il boitait à moitié et serrait son bras mordu avec l'autre main pour faire couler son sang. Mère s'approcha, menaçante.

– Nabulione, seras-tu toujours la croix que je devrai porter ? Ton grand-oncle Luciano m'a rapporté ton comportement outrageant lors de l'instruction religieuse. Toute la rue se plaint de tes turbulences. Et maintenant, c'est ton frère que tu mords ?

– J'avais gagné cette bataille. Giuseppe s'est montré déloyal.

– Combien de fois faut-il te le répéter ? Giuseppe est ton aîné, tu lui dois le respect. Et tu ferais mieux d'oublier les batailles. Dans nos familles, c'est l'aîné qui est voué à une carrière militaire. Toi, tu es destiné aux ordres. Tâche désormais d'être moins belliqueux et de ne plus offenser ton grand-oncle Luciano car c'est lui qui prépare ton futur dans l'Église.

Giuseppe, militaire ! Alors qu'il avait peur de son ombre ! Nabulione bouillonnait. Il n'irait pas dans les ordres, ça, il s'en faisait la promesse. C'est alors que son père se leva. Son expression avait changé.

– Chère Letizia, fit-il d'une voix assurée, comme vous l'avez justement remarqué, Giuseppe est l'aîné et il est donc destiné à prendre les armes. Pour cela, il devrait au moins savoir se débrouiller seul et mater aisément les ardeurs de son petit frère, ne croyez-vous pas ?

Giuseppe baissa les yeux.

– Carlo, là n'est pas la question, l'ordre, c'est l'ordre : le cadet doit un respect total à son aîné.

– Comme une femme le doit à son mari, répliqua Père sèchement.

Une vague de chaleur traversa la poitrine de Nabulione. Il avait jugé son père trop hâtivement. Cela lui donna de la force pour ce qui allait suivre. Plus question d'hésiter. C'était maintenant ou jamais. Il s'avança au centre du salon.

– Père, Mère ! lança-t-il solennellement. Je connais la tradition ; mais les ordres ecclésiastiques me sont et me resteront étrangers. Je désire intégrer une école militaire, rejoindre un régiment, diriger une armée.

Il se tourna vers son frère.

– Giuseppe, tu sais toi-même que ce destin que l'on t'assigne, c'est en réalité le mien.

– Tu n'as pas écouté, Mère ? pleurnicha la grande courge. Je ne renoncerai pas aux médailles pour tes caprices.

– Tu n'es qu'un peureux et un tricheur ; tu ne pourras jamais embrasser les honneurs que tu ambitionnes. Tu es né pour la retraite, et moi pour la conquête.

Giuseppe se précipita près de sa mère qui passa un bras affectueux autour de ses épaules.

– Nabulione, tu vas arrêter tes sottises. Tes coups de force et ton impertinence finiront par te coûter cher et nuire à notre famille. Tu ne feras jamais rien de ta vie si tu continues comme ça.

Elle observa l'avant-bras sanglant de Giuseppe.

– En attendant, la blessure que tu as infligée à ton frère est impardonnable. Tes soldats de plomb sont confisqués jusqu'à nouvel ordre.

L'aîné esquissa un sourire et Nabulione fit un mouvement pour le frapper à nouveau. Giuseppe se calfeutra aussitôt dans les jupes de sa mère. Père se mit en travers pour empêcher Nabulione d'aller plus loin et leva la main en signe d'apaisement.

– Letizia, les enfants, vous perdez pied. Le Seigneur a fait de Nabulione un jeune homme ardent, adroit et agile ; il a confié à Giuseppe des vertus de tranquillité et de légèreté. Soyons pragmatiques : la santé et le caractère de Giuseppe ne peuvent le destiner qu'aux arcanes des ordres, la hardiesse et la vitalité de Nabulione le conditionnent à être un grand homme d'armes. Nabulione ira à l'école militaire, en France !

Nabulione sauta au cou de son père. Ce n'était pas dans les habitudes de la famille Buonaparte d'échanger des signes d'affection mais sa joie débordante devait s'exprimer physiquement. Son père avait retrouvé sa fierté de chef de famille, Nabulione saurait se montrer digne de sa confiance. Il jeta un regard en coin à Mère : elle n'avait pas dit son dernier mot.

– Mon cher Carlo, siffla-t-elle en fusillant son mari des yeux, nous en discuterons ensemble. Cette décision m'apparaît hâtive et imprudente.

– Fin de la discussion, ma chère femme. Dès l'an prochain, Giuseppe rejoindra l'Église, et Nabulione l'armée, ainsi en ai-je décidé. Maintenant, les enfants, retournez dans votre chambre.

Mère leur fit un signe de la main les invitant à quitter la pièce. Les garçons se retirèrent sur la pointe des pieds.

Dans l'escalier qui les ramenait à leur chambre, Giuseppe s'en prit à son frère.

– T'es pas content ? répliqua Nabulione en lui jetant un regard méprisant. Je t'ai facilité le travail, au moins tu n'as plus besoin de faire semblant d'être fort. Recule, ou je te mords encore plus fort !

Giuseppe tourna les talons pour redescendre à l'étage inférieur. Une nouvelle fois, il battait en retraite. Pauvre garçon ! Nabulione avait renversé l'ordre des choses, il incarnerait la force vive de cette maison.

Dans sa chambre, il rangea ses soldats de plomb en les classant par corps d'armée et en numérotant chaque division. Soudain le plancher se mit à vibrer : quelqu'un montait l'escalier d'un pas lourd et volontaire. Le battant s'ouvrit violemment et, sans dire un mot, Mère s'approcha et le gifla. Nabulione porta aussitôt la main à sa joue endolorie tandis que la matriarche le toisait d'un œil sévère.

– Nabulione, je vais te raconter une histoire. Il y a bientôt douze ans, un jeune garçon vint au monde. Carlo et moi l'avions tant attendu, notre premier-né était une bénédiction. Nous lui avions trouvé un prénom à la hauteur de notre joie, un prénom romain : Nabulione. Le pauvre enfant s'est très tôt révélé faible, non viable. Il est mort avant même la naissance de Giuseppe.

Mère se signa, marqua un temps d'arrêt et reprit.

– Pour honorer sa mémoire, ton père a décidé de t'attribuer son prénom quand tu as vu le jour. Mon Dieu, quelle erreur a-t-on faite ! Mets-toi bien ça dans ta tête dure : tu n'es pas et tu ne remplaceras jamais le véritable Nabulione, le seul et unique aîné légitime de cette famille.

Dans la chambre voisine, le petit Lucien s'était réveillé et braillait pour réclamer à manger. La matriarche fixa Nabulione un moment, comme pour s'assurer que ce qu'elle avait dit avait bien pénétré son esprit, puis tourna les talons et sortit de la pièce, le laissant pétrifié durant de longues secondes. Soudain, le barrage céda : de grosses larmes de rage roulèrent sur ses joues et inondèrent l'unité de fusiliers numéro 18-04. Nabulione ne quitta pas sa chambre de la journée et s'endormit en se faisant un serment. *Père, jamais je ne me laisserai marcher sur les pieds par une femme, comme vous permettez à Mère de le faire avec vous. J'embrasserai tous les honneurs, je gagnerai toutes les batailles. Si vous avez voulu que mon prénom soit celui de la mort, alors je l'attends, je la regarde, elle ne me fera jamais peur.*

Chapitre 20

16 octobre 1799, 21 h 20
Appartements de Barras, palais du Luxembourg

Général en chef de toutes les armées.

Barras venait de lui confier le poste militaire suprême. La plus belle des revanches sur sa famille. Une douce chaleur engourdit le corps de Bonaparte.

Les « Ah ! ça ira » scandés par les manifestants dans la rue tirèrent Napoléon de sa rêverie. Le piège du directeur était grossier, et il avait failli tomber dedans. Il n'était pas venu au palais du Luxembourg pour commander des armées.

– Vous ne vous débarrasserez pas de moi ainsi, dit-il en fixant Barras droit dans les yeux. Ce n'est pas de cela qu'il s'agit...

– Vous ne pouvez pas refuser un tel honneur ! s'offusqua le directeur. Ne devons-nous pas faire tous les sacrifices pour sauver la patrie ? L'honneur de rester assis dans un fauteuil administratif vaut-il le prestige et la gloire d'être à cheval à la tête d'une armée ? Vous n'aimeriez pas la vie politique, Bonaparte. Elle ne comblerait pas votre amour de la poudre.

– L'honneur ! Tout le monde peut mesurer ce que j'ai accompli en Italie et en Orient. Croyez-vous que ce soit pour faire la grandeur des bavards et des avocats ? Vivre sans gloire, c'est mourir tous les jours.

– C'est justement pourquoi je vous propose le commandement des armées, répéta Barras en souriant.

– Il ne s'agit plus des armées, mais bien du gouvernement désormais. Le Directoire ne fonctionne plus, il était mal formé depuis sa naissance.

À l'extérieur, les manifestants entonnèrent des chants :

« *Notre montagne enfante un Directoire.*
Applaudissons à son dernier succès !
Car sous ce nom inconnu dans l'histoire
Cinq rois nouveaux gouvernent les Français. »

Barras répondit en faisant mine de n'avoir rien entendu.

– Il faut fortifier le gouvernement, pas le faire assassiner par des ennemis de la République. Des ennemis contre lesquels le Directoire vous a protégé autrefois lorsqu'ils vous attaquaient ! ajouta-t-il en pointant le doigt vers lui.

Le débit de parole du directeur s'était accéléré, sa tonalité partait dans les aigus. Bonaparte préféra se taire, laissant les voix qui s'élevaient rue de Tournon combler le silence.

« *Peuple trompé ! pour toi la République*
Doit être encore le mot de ralliement
Mais tes cinq rois par une route oblique
La conduiront bientôt au monument. »

Sur ces dernières paroles, le sourire de Barras disparut. Il prit une grande inspiration.

– Je ne dis pas que tout est parfait, concéda-t-il. J'admets que le Directoire gouverne moins bien depuis quelque temps. Mais les défauts d'un Directoire sont préférables à l'arrivée d'un dictateur.

« En adoptant un luxe ridicule
Ils font gémir la sainte Égalité
À leur aspect, la Liberté recule
Et dans leur cœur plus de Fraternité. »

– Ils n'ont pas l'air de votre avis, fit Bonaparte en désignant les rideaux tirés de la fenêtre d'où leur parvenait la chanson.

Le directeur haussa les épaules et protesta d'une voix mal assurée.

– On trouve toujours une poignée de mécontents pour crier leur colère sur les lieux de pouvoir. Je préfère servir dignement le peuple que d'essayer de lui plaire sans cesse. La belle manière de le gagner, c'est de lui faire du bien !

– Au contraire, vous n'avez fait que le flatter et rien n'est plus dangereux. Car ensuite, s'il n'a pas tout ce qu'il veut, il s'irrite. Et si, alors, on lui résiste, il hait d'autant plus qu'il se dit trompé. Voilà où nous en sommes après cinq années de Directoire !

– Vous êtes au service de ce Directoire ! éructa Barras.

Vingt et une heures trente sonnèrent à la pendule quand *La Marseillaise* retentit dehors. Napoléon prit son bicorne sur le guéridon, son manteau sur le fauteuil et les enfila promptement.

– Qui vous a autorisé à partir ? s'emporta Barras.

À l'évidence, le directeur perdait son sang-froid.

– Il faut mettre fin au Directoire, fit le général d'un ton cassant.

Barras ricana nerveusement.

– Vous direz cela au collège des directeurs demain lors de votre audition, cela augmentera certainement leur indulgence à votre égard ! Ce sont les fers qui vous attendent !

– Votre Directoire ne pourra pas m'envoyer en prison.

Napoléon avait insisté sur le *votre*, à dessein. Il dirigea ses pas vers la fenêtre, en faisant claquer ses bottes sur le parquet.

– Tiens donc, et pourquoi ? s'indigna Barras.
Pour seule réponse, Bonaparte tira les rideaux et saisit les poignées des ventaux.
– Voilà pourquoi !
Il ouvrit grand les vitres. Une formidable et assourdissante clameur s'éleva aussitôt dans la rue : « Vive Bonaparte ! »
Barras blêmit et se déporta immédiatement sur le côté pour ne pouvoir être vu de l'extérieur.
– Que faites-vous, malheureux ?
Avec son bicorne, Bonaparte salua la foule, qui cria avec davantage d'intensité.
– Paris m'acclame ! Le peuple croira tout ce que je lui présenterai.
Barras pointa sur lui un doigt accusateur.
– Ce n'était pas une visite secrète ! Vous avez fait passer le mot de votre destination en quittant votre domicile, je suis prêt à le parier. Vous avez orchestré ce rassemblement.
– À votre mine, on dirait que vous avez oublié à quoi ressemble la ferveur du peuple ! cingla Bonaparte.
Comme pris de vertige, le directeur tituba et manqua de se prendre les pieds dans le tapis. Napoléon hocha la tête tristement.
– Vous avez vieilli, Barras. Vous avez vieilli, vous et votre Directoire. Vautré dans vos plaisirs, vous avez oublié de prendre le pouls de la nation. Voilà ce que c'est de laisser trop longtemps ses fenêtres fermées.
Bonaparte se tourna une fois encore vers la population, de plus en plus nombreuse à s'agglutiner au bas des murs du palais. Cette vision l'enivrait d'une allégresse vertigineuse. Une masse compacte de bouches anonymes criait des chants révolutionnaires entrecoupés de « Vive Bonaparte ! » Il leva à nouveau la main, et le peuple parisien hurla.

Des chefs d'orchestre... Voilà ce que nous sommes.

Il réalisa qu'il bandait dur comme fer. Il cria à l'adresse de Barras :

– Pensez-vous que l'on puisse tomber amoureux d'une foule en délire ?

Chapitre 21

14 juillet 1789, 10 h 30
Rue Saint-Antoine

Depuis plusieurs jours maintenant, la foule avait pris possession de la capitale. Les rues de Paris sentaient le feu et la colère. D'épais nuages de fumée voilaient le soleil de midi. Au loin, des explosions. Des tranchées avaient été creusées, des barricades édifiées aux quatre coins de la ville, des armureries pillées. De nombreux groupes armés battaient le pavé. Ce 14 juillet 1789, tout semblait sur le point de voler en éclats : Paris était balayée par le souffle du changement.

Poussé par la curiosité, le vicomte Paul de Barras marchait incognito parmi la foule.

Fruit d'une vieille noblesse provençale et fils de militaire, Paul s'était engagé dans l'armée à l'âge de seize ans. Il avait servi aux colonies, où il avait participé à la bataille de Pondichéry, défendant la ville contre les Anglais. Mais il avait vite été fait prisonnier, et avait passé plus de temps à l'ombre qu'au combat.

À sa libération, presque deux ans s'étaient écoulés. Plus personne ne l'attendait.

De retour en France, il avait subi une longue traversée du désert, le réveil avait été rude. Tout ça par la faute de l'incurie de la monarchie. Sa naissance était censée le prédisposer à un meilleur destin. *Un meilleur destin ? Foutaises !* Son sang bleu ne lui avait évité ni les soucis financiers ni le chômage. Par-dessus tout, il ne supportait plus l'ennui. Il aurait préféré sauter du Pont-Neuf que de le subir un jour de plus.

– Les Invalides ont été mises à sac ! avait-il entendu sur sa droite.

Les badauds allaient et venaient au rythme des rumeurs, qui se propageaient comme des traînées de poudre. Quelques jours plus tôt, Louis XVI avait fait placer vingt mille soldats entre Versailles et la capitale. Les états généraux avaient dégénéré, s'étaient transformés en Assemblée nationale, et on parlait désormais d'écrire une Constitution. Il n'en avait pas fallu davantage pour susciter l'ire du souverain, qui avait dépêché l'armée.

Les curieux se dirigeaient maintenant vers la Bastille. On se donnait le message de bouche à oreille : après l'assaut des Invalides, les insurgés se regroupaient autour de la prison pour mettre la main sur les fusils et les canons. Les esprits s'échauffaient.

Alors que les Parisiens remontaient vers le faubourg Saint-Antoine en petits groupes serrés, des coups de canon avaient retenti. La foule avait hurlé tout en accélérant l'allure. Paul s'était fendu un passage et avait couru jusqu'aux murs d'enceinte qui protégeaient la prison d'État. Quelques centaines d'insurgés étaient réunis là, donnant du mousquet en direction des créneaux et des fenêtres grillagées. L'air était saturé de fumée noire, ça puait la sueur et la poudre, mais cela n'empêchait pas les badauds qui assistaient à la scène d'entonner des chants.

– Attention, ça tire par ici ! avait toussé un homme.

Pris de vertige, le vicomte avait frissonné. À quelques mètres seulement, des coups de feu s'étaient mis à crépiter et l'avaient assourdi. On criait, on courait, on se bousculait. Par réflexe, il s'était accroupi, les mains sur la tête.

– Vive le tiers état ! avait-on hurlé sur sa gauche.

– À mort la noblesse ! tonna-t-on ailleurs, comme en écho.

Les cris répondaient aux cris, et bientôt la foule, tout entière réunie autour de la Bastille, scandait :

À mort ! À mort !

Paul tremblait des pieds à la tête. L'histoire s'écrivait sous ses yeux. *Tout va changer.* L'euphorie prit le pas sur la peur. Il faudrait qu'il s'adapte, c'était une question de survie. Il se sentit pousser des ailes républicaines. Oui, plus rien ne serait comme avant. Pour la première fois depuis des années, une perspective se dessinait, un nouveau destin, un choix. Il se redressa. Son cœur s'était mis à battre à tout rompre à mesure que l'ivresse montait.

À mort ! À mort !

Il avait mêlé sa voix aux clameurs des insurgés et de la foule.

À mort ! À mort !

Et alors que les coups de canon redoublaient, que les fusils crachaient leurs balles et que les flambeaux tournoyaient au-dessus des têtes, le vicomte de Barras était mort. Ou plutôt il avait disparu dans un nuage de poudre. Un homme nouveau venait de voir le jour : le citoyen Paul Barras.

Oui, il survivrait - et même, il ressusciterait.

Autant de fois qu'il le faudrait.

Chapitre 22

16 octobre 1799, 21 h 35
Appartements de Barras, palais du Luxembourg

Au pied du Luxembourg, des citoyens entonnaient à nouveau *La Carmagnole*. Dix ans avaient passé, mais le souvenir était intact - grisant et terrifiant tout à la fois.

Bonaparte salua une dernière fois l'attroupement, puis referma la fenêtre. Dehors, on entendait toujours les cris étouffés des manifestants réclamer leur nouveau champion.

Barras fit quelques pas pour dérouiller son dos puis frappa des mains dans un lent applaudissement.

– Bravo pour cette belle démonstration !

Il s'avança encore vers Bonaparte et tira fébrilement les rideaux de la fenêtre.

– Et si nous vous proposions... d'entrer au Directoire ?

Bonaparte sursauta.

– Puisque vous aviez formulé cette requête par le passé, dit Barras en désignant la lettre posée sur la cheminée, pourquoi pas, après tout ?

– Je n'ai pas l'âge minimum imposé par la Constitution.

Barras réprima un sourire. Napoléon était si attiré par le pouvoir qu'il ne s'était pas contenté de faire cette demande pour entrer au Directoire. Il avait aussi étudié ce qui pouvait l'en empêcher. Aux titres et aux honneurs, personne n'était capable de résister, pas même Bonaparte !

– Je me fais fort de convaincre mes confrères, répondit le directeur pour balayer les doutes du Corse. Songez à ce qu'on dira : général à vingt-cinq ans, membre du Directoire à trente ! Adulé par le peuple. Vous logeriez ici, au Luxembourg, avec un magnifique costume, un traitement de cent vingt-cinq mille francs or qui vous permettrait de rembourser vos dettes, et...

– Vous tentez de m'acheter ?

– Heureusement qu'il reste encore l'argent pour acheter tout et tout le monde sur cette Terre.

Le général lui lança un regard méprisant.

– J'espère pour vous qu'il en sera de même en enfer, sinon vous serez perdu !

– Où est passé votre sens de l'humour ? Je ne cherche qu'à sauver votre ménage de la banqueroute, plaida Barras.

– Dans les révolutions, il y a deux sortes de gens : ceux qui les font et ceux qui en profitent. Je ne suis pas de ces hommes devenus riches d'avoir vendu tous ceux qui les ont achetés. Vous avez transformé votre bureau de directeur en petit commerce.

Décidément, la susceptibilité de ce garçon finissait par être exaspérante.

– Mon « petit commerce » vous est ouvert, répliqua le directeur, piqué au vif. Savez-vous ce que vous y trouverez ? Les comptes de mes blanchisseuses depuis cinq ans. Car j'en ai sali, du linge, depuis le 9 thermidor jusqu'à aujourd'hui ! Il le fallait pour rester au pouvoir.

– Grâce aux millions que mes campagnes vous ont procurés ! Votre entourage vous dénoncera bien assez tôt.

– Ce qui me permet de vous apprendre une nouvelle règle en politique : toujours arroser autour de soi pour que tout le monde soit mouillé ! Mon entourage ne bougera pas.

– Alors c'est une commission d'enquête qui vous enverra en prison ! hurla Bonaparte.

Barras éclata de rire.

– Une commission nommée par qui ? Vous croyez que pendant que vous faisiez vos petites affaires en Égypte, on attendait tranquillement votre retour à Paris ? Pour une fois, vous arrivez après la bataille, général, vous n'êtes dans les plans de personne !

Le général se remit à arpenter la pièce d'un pas rapide, mains croisées dans le dos. Huit jours de traversée de la France ne semblaient pas avoir entamé son énergie. Barras reprit son souffle en s'appuyant sur une chaise. Contrairement à son protégé, la fatigue se faisait sentir. Il aurait payé cher pour avoir quinze ans de moins.

– Rejoignez-moi, dit-il. Si ce n'est pour moi, faites-le pour ce pays. Vous lui devez fortune, éducation et renommée. Renverser les institutions serait une folie dont nul ne peut prévoir les conséquences.

– Il n'y a pas que moi qui pense qu'il faut les réformer en profondeur.

Barras marcha à grands pas jusqu'à la lettre de Bonaparte posée sur la cheminée, l'agita avant de la glisser dans sa poche.

– Vous oubliez votre pli. Je peux encore le faire publier et effacer la gloire de votre retour.

Il se dirigea vers la fenêtre et désigna les rideaux.

– Comment réagiraient vos amis dehors ?

Le directeur regretta aussitôt sa précipitation : le visage de Bonaparte s'était fermé. *Merde. Trop loin et trop vite.*

– Vous êtes pire que Fouché, Barras. Vous manipulez tout et tout le monde. J'ai été fou de vous écrire cette lettre comme à un ami.

– Mais je *suis* votre ami ! rétorqua le directeur. C'est pour cela que je vous propose de rejoindre notre Directoire.

Bonaparte secoua la tête.

– Qui serait crédible en entrant aujourd'hui au Directoire ? Je ne veux en France ni jacobins ni royalistes. Au diable les querelles de parti qui divisent le pays ! Moi, je ne veux voir que des Français.

Le général marcha d'un pas décidé vers la fenêtre.

– Et ils sont là justement !

Il bouscula Barras, ouvrit les rideaux et les battants. La clameur « Vive Bonaparte ! » envahit aussitôt la pièce, encore plus forte qu'avant. Le général cria à Barras :

– Combien de temps croyez-vous que la garde du Directoire arrêtera la population ?

Par la fenêtre, le directeur aperçut quelques enragés tentant d'escalader les grilles du Luxembourg. Par instinct, il recula d'un pas mais ses membres refusèrent de lui obéir davantage. La foule. La Bastille. Les lynchages. La Terreur. Bonaparte jubilait :

– Même les grilles du château de Versailles ont fini par lui céder. Et si vous me mettez en prison, le peuple viendra m'en tirer, par les armes s'il le faut. Il rasera le bâtiment comme il a rasé la Bastille. Vous voulez parier ?

« À bas le Directoire ! », « Barrons la route à Barras ! », hurlaient les manifestants en apercevant Barras derrière Napoléon. Les sens du directeur étaient en alerte : le danger était imminent. *Mets-toi à l'abri !* Impossible de bouger, il était comme pétrifié. Il se mit les mains sur les oreilles pour ne plus entendre les « À mort Barras ! » Un pavé traversa la fenêtre et effleura le haut de son bras avant d'aller s'écraser sur le parquet. Il porta la main à son épaule. Son cœur battait à tout rompre. Une poussée pressante se fit sentir dans sa vessie. Barras se contracta aussitôt. Trop tard. Il sentit le liquide tiède couler le long de sa jambe. Sous son habit de soie bleue, l'urine souilla le caleçon long qui collait à sa cuisse et son mollet. Un réflexe de survie l'anima enfin : il se précipita derrière un buffet.

– C'est ça, cachez-vous ! ironisa Bonaparte.

Le directeur souffla pour reprendre ses esprits. Se mettre à l'abri le temps que ça passe. Comme dix ans plus tôt. Mais il n'avait plus le même âge, songea-t-il en sentant l'humidité froide sur sa cuisse. Au moins l'expérience lui avait-elle appris que la foule était imprévisible et dangereuse, ce que ce jeune fou ne semblait pas avoir compris.

– Vous auriez tort de compter sur la population parisienne ! lança-t-il à Bonaparte. Un jour le peuple vous acclame, et le lendemain il vous conduit à l'échafaud. Les Parisiens ont toujours été ainsi et n'ont jamais aimé personne.

– C'est vrai qu'ils aiment surtout les plaisirs, répondit le général. Ils ne s'intéressent qu'aux femmes, aux bals, aux ateliers des artistes, aux spectacles... Mais ça ne me fait pas peur !

Dehors, les manifestants entonnèrent le *Chant du départ* :

« *La victoire en chantant nous ouvre la barrière ;*
La Liberté guide nos pas.
Et du Nord au Midi la trompette guerrière
A sonné l'heure des combats. »

Bonaparte chantait en cadence avec eux et battait la mesure avec son bicorne :

« *Tremblez, ennemis de la France,*
Rois ivres de sang et d'orgueil ;
Le peuple souverain s'avance :
Tyrans, descendez au cercueil ! »

Le général se tourna vers Barras :

– Les Parisiens sont toujours prêts à manger dans la main de ceux qui savent se faire plus méchants qu'eux. Surtout que, contrairement à vous, j'ai l'armée avec moi.

– Dans l'armée, vous avez surtout beaucoup d'ennemis. Des jaloux, qui vous envient. Prêts à vous trahir pour prendre votre place.

Quelqu'un dans la foule lança un cri aussitôt repris : « À mort Barras ! »

– Mais ces braves gens, répondit Napoléon, c'est votre tête, et non la mienne, qu'ils aimeraient voir au bout d'une pique !

Le général ferma la fenêtre.

– Les militaires sont une franc-maçonnerie, fit-il en bombant le torse. Il y a entre eux une intelligence qui fait qu'ils se recherchent, qu'ils se reconnaissent partout et s'entendent. Et moi, je suis le plus grand maître de leurs loges. Ils assiègeraient le Luxembourg si je le leur demandais.

– Tirez les rideaux aussi, quémanda Barras malgré lui.

Bonaparte s'exécuta et ramassa le pavé qu'il brandit en direction du directeur.

– Votre Directoire est foutu. Et vous avec.

Barras resta prostré quelques secondes, les membres engourdis par la vague glaciale qui s'était soudain emparée de ses os. Dieu qu'il était frigorifié ! Il avisa le feu qui crépitait encore. Il ne supporterait pas que Napoléon le raille de s'être pissé dessus. La honte ou mourir de froid. Il choisit la honte. Au prix d'un effort qui lui sembla considérable, il se leva et se dirigea à pas lents vers la cheminée. Il tenta de se donner une contenance.

– L'hiver arrive d'un coup cette année, frissonna-t-il en se frottant les bras.

Il attrapa le cordon de la sonnette et le tira d'abord une fois, puis, voyant que personne ne venait, s'acharna dessus sans discontinuer.

– Victor ! hurla-t-il. Victor !

Mais la porte de la salle à manger demeurait désespérément close. Napoléon haussa les sourcils.

– Je crains que mon aide de camp l'ait convaincu d'aller boire un verre pour nous laisser tranquilles.

Barras le maudit en silence. Les flammes n'étaient plus aussi vigoureuses dans la cheminée et le froid ne voulait plus le quitter. Il tressaillit lorsque Bonaparte s'approcha si près qu'il put sentir son souffle dans son dos.

– Allons, concéda le général. On peut faire beaucoup de mal en voulant faire beaucoup de bien. Vous avez renversé Robespierre, c'était la fin d'un cycle. Mais admettez que, depuis, le Directoire a presque échoué en tout.

– Nous n'avions pas énormément de marge pour conduire le peuple après la Terreur et ses horreurs, murmura Barras d'une voix d'outre-tombe.

– On ne conduit un peuple qu'en lui montrant son avenir : un chef doit être un marchand d'espérance. Comment comptez-vous rassurer les Français sur leur avenir après ce que vous avez fait de leur passé ? Il faut faire table rase.

Sur ces mots, Bonaparte balaya d'un revers de la main une partie du festin dressé devant lui. Le bruit de la vaisselle se fracassant par terre fit sursauter Barras. Bonaparte grimpa d'un pas léger sur la table et déclama :

– Moi, je rentre après quatre années victorieuses sur les champs de bataille, pur de tous les crimes de la Révolution.

Il sauta à terre et s'approcha de Barras, les yeux fiévreux, le forçant à reculer.

– N'êtes-vous pas fatigué, Barras ? N'aspirez-vous pas à un repos mérité en vous glorifiant de vos succès passés plutôt qu'en regrettant les échecs à venir ? C'est dans les temps difficiles que les grands hommes déploient toute l'énergie de leur caractère et deviennent un objet d'admiration pour la postérité. Allez, cédez la place à un gouvernement de la jeunesse et de l'esprit...

Bonaparte s'approcha encore. La vision de Barras se brouilla, les murs et les meubles semblaient tourner autour de lui. Ses pieds se dérobèrent sous ses jambes. Il tenta de se rattraper au cordon de la sonnette près de cheminée, sans y parvenir. Bonaparte lui vint en aide juste à temps avant qu'il ne s'effondre par terre et le fit asseoir sur une chaise.

– Vous êtes tout pâle. Vous avez sans doute abusé de cette belle table. Asseyez-vous donc, vous semblez vidé de votre sang.

– Mon sang, c'est ma vie politique, c'est elle qui coule dans mes veines ! Et vous voulez justement me saigner. Mais je suis chez moi ici, c'est vous qui n'y êtes pas ! Où étiez-vous pendant qu'on libérait la France de la monarchie puis de la Terreur pour établir un ordre nouveau ? C'est en risquant ma vie tous les jours que j'ai libéré ce palais et que j'ai fini par y habiter !

– Et toutes ces années de décadence qui ont suivi ?

Bonaparte saisit son poignet.

– C'est à Paul Barras que je m'adresse, non au directeur. Les hommes ne sont vraiment grands que par les institutions qu'ils laissent derrière eux. Que laissera votre Directoire si vous vous obstinez, Paul ? N'est-il pas temps de sauver la France de tout ce que vous n'avez pas réussi à construire ?

Barras tentait sans succès de se dégager de l'étau qui enserrait son poignet. Bonaparte tendit l'autre bras vers la fenêtre.

– Dans cinq ans, si vous vivez encore, vous vous promènerez dans cette belle rue de Tournon. Vous admirerez l'insouciance des demoiselles, l'application des maçons et le pas tranquille des chevaux dans une France en paix, prospère. Elle ne devra son salut qu'à la noblesse de votre geste d'aujourd'hui. Que ressentirez-vous, Barras ? Vous retirer maintenant vaudra mieux que toute la gloire d'un pouvoir déclinant.

– Comment osez-vous ?! s'indigna le directeur. C'est à moi que vous devez tout depuis la chute de Robespierre !

Le Corse lâcha le poignet endolori de Barras, pivota vers la table et, avec l'agilité d'un fauve, s'empara d'un morceau de boudin blanc truffé qu'il enfourna tout entier.

– C'est trop gras, fit-il la bouche pleine. Même votre table incite au changement de régime !

– Je suis en position de vous faire entrer au Directoire, ne laissez pas filer cette occasion !

Barras s'accrochait à sa dernière offre, mais il savait que le moment était passé. Bonaparte saisit un couteau et rapprocha un plat de chapon. Il l'agita dans la direction de Barras, pointe en l'air :

– Votre Directoire est trop affaibli. Que surgisse demain un homme populaire, résolu à se nourrir de ses faiblesses, et les institutions se coucheront. Il tranchera facilement la tête du gouvernement.

Comme pour accompagner ses paroles, le couteau traversa la viande et heurta le plat d'argent.

– La République est moribonde.

Barras puisa d'ultimes forces au fond de lui-même pour se lever.

– Mais son acte de décès n'a pas encore été enregistré ! aboya-t-il. Vous êtes hors la loi, citoyen général ! Je vais immédiatement vous faire arrêter pour désertion et violation de la quarantaine !

– Vous donneriez alors à réfléchir au peuple de France, répondit Bonaparte d'une voix impassible.

Il leva son couteau en direction de la fenêtre.

– Et des Français qui réfléchissent deviennent rapidement des Français en colère. Vous n'oserez pas déclencher une insurrection. Soyez raisonnable. Démissionnez avant qu'il soit trop tard !

Bonaparte s'avança vers lui, son couteau toujours en main.

– Ne faites rien que vous puissiez regretter, recommanda le directeur en reculant.

Ce regard dément... Barras l'avait déjà vu. Il y a quatre ans, presque jour pour jour, dans cette même pièce. Il avait proposé à Bonaparte de le sortir du placard où l'armée l'avait placé à la suite de son incarcération au fort Carré : une insurrection royaliste se préparait et le directeur avait besoin d'un militaire pour la mater. Il s'agissait simplement de faire peur aux insurgés, rien de plus, de les disperser pour qu'ils n'aient pas envie de recommencer... Mais Bonaparte et ses troupes les avaient attendus sur le parvis de l'église Saint-Roch et les avaient massacrés, à balles réelles, jusqu'au dernier.

Un carnage.

Ici, dans ce même salon, le jeune militaire était venu lui faire son rapport, son visage blême couvert de leur sang. Barras l'avait agoni d'insultes.

– Je vous avais ordonné de les intimider, pas de les trucider !

Barras se souviendrait toujours du regard de son protégé et des mots qu'il avait prononcés.

– Vous croyez que des balles à blanc puissent intimider qui que ce soit ? Je n'avais pas le choix.

Oui... Ses yeux brillaient déjà de la même soif, une soif qu'il n'avait pas su identifier sur le moment.

Excès de zèle, avait-il cru bon d'excuser sa créature à l'époque. *Enthousiasme de la jeunesse.*

Cette soif - il le savait maintenant après l'Égypte, la Syrie, les exactions commises au nom de la France - était celle des victoires complètes, totales, violentes, quel qu'en soit le prix. Pas de demi-mesure. Ce qu'il avait pris pour une erreur de jugement sur le parvis de l'église Saint-Roch était en réalité un système - *son* système.

La nausée le gagna. Cet homme n'en était plus un : Barras avait donné naissance à un animal féroce qu'il n'était plus en mesure de contrôler.

Sa bête sauvage. Son chien enragé. Son monstre...

Qu'avait-il fait ?

Chapitre 23

16 octobre 1799, 22 heures
Appartements de Barras, palais du Luxembourg

Dans les yeux de Barras, Bonaparte ne lisait plus que la peur. Une peur animale, la plus ancienne de toutes : celle de la proie face au prédateur.

– Tranquillisez-vous, citoyen directeur. Je ne vais pas vous égorger.

Fier de son effet, il déposa le couteau sur le guéridon. Son mentor n'était plus le professeur qui distribuait les bons et mauvais points. C'était un vieil homme effrayé et incontinent.

Qu'il tremble dans son fauteuil de velours et ses culottes de soie souillées...

Napoléon n'accepterait plus qu'on lui donne des leçons.

– Divorcer, de Joséphine d'abord, du Directoire ensuite : tous les deux coupables de tromperie... Alors je serai enfin libre !

La clameur de la rue continuait de leur parvenir à travers les vitres - ce souffle qui le portait et qui allait balayer ses adversaires. Il voulait hurler cette énergie nouvelle.

Barras se redressa, mâchoire tremblante.

– N'écoutez ni les envieux ni les médisants qui souhaitent nous désunir. Mon intérêt est le vôtre : nos causes sont liées, nous nous perdrons si nous nous divisons. Ne comprenez-vous pas que la gloire du moment vous aveugle ? Vous ne connaissez pas encore assez les hommes. Ils promettent beaucoup et tiennent peu...

Napoléon lui renvoya un rictus amer. C'était justement pour cette raison qu'il devait couper les ponts, et se méfier de tout le monde à présent. De Barras en particulier.

– Gouvernons ensemble, Napoléon ! poursuivit le directeur, qui s'était levé de sa chaise en titubant. Les manœuvres politiciennes ne sont pas pour vous ! Vous avez besoin d'un allié. Vous régnerez sur les champs de bataille où vous avez démontré une force remarquable. Et vous me laisserez les affaires civiles. Elles marchent différemment des affaires militaires.

La voix de Barras partait dans les aigus. Ses gestes étaient fébriles. Il avait perdu l'assurance posée de celui qui sait tout et dirige tout.

– Je suis le plus civil des militaires, répliqua Napoléon. Et mes frères, Joseph et Lucien, en savent bien assez sur les affaires civiles de l'État.

– Ils en savent surtout bien assez sur la manière de s'enrichir. En votre absence, ils ont spéculé sur la course maritime et la perte de bateaux de commerce.

Bonaparte agita la main comme pour chasser un moustique. Il avait eu vent de ces combines qu'il méprisait.

– Vous me croyez incapable d'autre chose que diriger une armée. Mais je vous prouverai le contraire, à vous et à tous les autres... J'ai d'ailleurs déjà le soutien d'une des deux assemblées.

– Ce n'est pas parce que Lucien a été élu président du Conseil des Cinq-Cents que vous avez leur soutien.

– Ils ont crié plusieurs fois « Vive la République ! » en apprenant mon retour.

– Lucien ne vous dit pas tout. Il se verrait bien jouer un grand rôle politique pour réparer l'injustice d'être né quelques années après vous.

Un grand rôle politique ? De cinq ans son cadet, c'était Lucien qui les avait fait expulser de Corse en provoquant inutilement Paoli. Une tête brûlée imprévisible ! Et le préféré de sa mère...

– N'oubliez pas que nous sommes corses. Vous savez combien les familles corses sont soudées.

– Est-ce au nom de cette solidarité familiale qu'il encourage les peurs de ses collègues contre vous ? Qu'il les effraie en leur annonçant l'arrivée d'un dictateur, auréolé d'une gloire savamment orchestrée par des journaux de propagande ? Lucien sera le premier à se réjouir de vous voir en prison. Une fois que vous serez neutralisé, il pourra en toute impunité se prévaloir de votre prestige militaire à votre place.

Un orage éclata au dehors. Le bruit du tonnerre interrompit un instant leur conversation alors qu'un éclair illuminait le salon. Sous la lumière crue, les traits de Barras paraissaient encore plus marqués. Napoléon ne put s'empêcher d'éprouver malgré lui une pointe d'admiration pour le vieux lion, qui trouvait encore la force de bouger après avoir été foudroyé.

– Mes frères ne sont pas parfaits. Mais je les aime, parce que ce sont mes frères.

– Eux ne vous aiment pas. Ils sont jaloux de vous, cherchent à nous diviser... Ce sont eux qui ont tout fait pour discréditer Joséphine à vos yeux. Ce sont des oiseaux de proie qui guettent votre dépouille. Lucien s'est servi de votre prestige pour entrer en politique.

Bonaparte se renfrogna. On ne pouvait jamais être sûr de rien avec Lucien. Il secoua la tête. C'était une bonne chose qu'il ait pris la présidence de l'assemblée.

– Lucien préparait mon retour, répondit-il laconiquement.

– C'est là que vous vous trompez ! Il soigne son avenir, pas le vôtre. C'est un ambitieux qui se croit quelque chose par lui-même, alors qu'il n'est que le « frère de ».

– Il a de l'esprit, des connaissances... Et beaucoup de caractère.

– À la première occasion, il vous renverra faire la guerre pour se débarrasser de vous !

Napoléon ricana.

– N'est-ce pas exactement le sort que vous me réservez depuis quatre ans ? Ne vous en faites pas pour moi : je saurai le raisonner.

– Mais c'est une mauvaise tête ! Et il est trop proche des Jacobins.

– Justement. Il m'aidera à les rallier.

– Ma parole ! Il n'est pire sourd que celui qui ne veut pas entendre ! dit Barras en levant les bras au ciel. Et pourtant je reste votre ami, un ami qui continue de vouloir vous aider.

Barras était-il sincère ? En tout cas, le vieux fauve semblait avoir retrouvé de l'énergie. Il prit Bonaparte par l'épaule.

– Quant à votre frère Joseph...

Un coup de tonnerre éclata à nouveau sur le jardin du Luxembourg. Bonaparte se dégagea et mitrailla Barras des yeux, avant d'attraper sa redingote.

– Je vous conseille de ne pas en dire de mal. Il est tard à présent et l'orage gronde. Je vais faire appeler une voiture et...

– Vous a-t-il aidé à conquérir sa belle-sœur que vous convoitiez ? l'interrompit Barras.

Le général s'immobilisa. Cinq ans plus tôt, à Marseille, Joseph et lui avaient tous deux jeté leur dévolu sur la belle Désirée Clary. Napoléon avait contraint son frère à épouser l'aînée, Julie, pour se réserver Désirée. Comme d'habitude, Joseph avait obtempéré aux exigences de son petit frère. Mais il n'avait pas voulu intervenir quand la relation entre Napoléon et Désirée avait commencé à se dégrader. Bonaparte souffla. De l'histoire ancienne.

Il enfila sa redingote, alors que le directeur continuait :

– Vous a-t-il choisi une propriété à la campagne comme vous le lui aviez demandé ? Non. Celle qui l'a achetée c'est Joséphine, et vous l'avez injustement critiquée pour cela. Joseph vous a-t-il seulement un jour rendu service ?

Quel diable, ce Barras ! Bonaparte attrapa son bicorne. Joseph était son frère, il lui était par nature évidemment dévoué. Napoléon fouilla dans sa mémoire. Quand Joseph l'avait-il donc aidé pour la dernière fois ? Cette discussion le troublait. Il fronça les sourcils et fit un effort pour se souvenir, mais rien ne vint. Seulement l'image de la grande courge pleurnicharde. Au fond, il enviait ce coquin de Joseph, tranquillement installé dans le confort de sa petite vie, alors que lui parcourait les champs de bataille pour assurer la fortune de la famille.

– Vous détestez Joseph au fond de vous, insista Barras, même si vous refusez de l'admettre ! Parce que c'est l'aîné ; parce que c'est le chef de votre famille, que vous le vouliez ou non - en tout cas aux yeux de Madame votre mère, que vous vénérez tant.

– Ne mêlez pas ma mère à ça ! gronda Napoléon en agitant la lame du couteau qu'il avait de nouveau agrippé.

Mais Barras ne semblait plus effrayé par l'arme pointée contre lui. Il arborait au contraire un large sourire. Ce qui redoubla l'exaspération de Napoléon.

– Et sachez que j'aime Joseph comme moi-même, affirma-t-il.

Le visage de Barras s'éclaira tout à fait.

– Exactement ! Vous aimez Joseph comme vous-même. Vous auriez même voulu être Joseph, celui qui veut paraître grand aux yeux de ses frères. D'ailleurs, où aller, sinon justement en Égypte, pour le prouver ? Je ne doute pas que vous ayez lu ce chapitre de la Bible, Bonaparte ?

Bien sûr qu'il l'avait lu. Dans le premier livre, la Genèse, Joseph, l'un des douze fils de Jacob, avait été vendu comme esclave par ses frères avant de devenir le personnage le plus puissant d'Égypte. Barras essayait de l'embrouiller.

– Votre imagination vous égare, siffla Napoléon.

– Vous détestez ne pas être Joseph. Mais vous le soutiendrez toujours pour compenser cette haine que vous lui portez et que vous refusez de voir. Comment comprendre sinon qu'un être aussi exceptionnel que vous défende un homme qui a aussi peu d'ambition et d'esprit que lui ?

Bonaparte respira profondément. Oui, il était meilleur que Joseph - en tout point, même ! Barras servit deux verres de chambertin. Ses gestes étaient de nouveau ceux d'un homme assuré. Il poursuivit :

– Vous détournez désormais cette haine frustrée envers Joseph contre nos ennemis, pour le plus grand bien de la France. Mais prenez garde à ne pas la diriger contre les mauvaises personnes. Contre vos amis, par exemple, ou contre Joséphine... qui pourrait d'ailleurs être le parfait substitut de votre frère !

Bonaparte se figea.

– Que me chantez-vous là ?

– Comment, n'avez-vous pas fait le lien ?

– ...

– Je vous ai présenté votre épouse il y a exactement quatre ans. Comment s'appelait-elle alors ?

La respiration de Napoléon s'accéléra, ainsi que les battements de son cœur.

– Rose... Rose de Beauharnais, dit-il.

– Rose, en effet. Est-ce donc comme ça que vous l'appelez ?

– Non, évidemment. Vous savez bien que je l'appelle Joséphi...

Le souffle lui manqua avant qu'il puisse terminer sa phrase. Non, c'était impossible.

– Joseph, Joséphine ! s'exclama Barras. L'objet de toutes vos attentions... mais aussi de votre jalousie, et même parfois de votre haine. Vous lui êtes passionnément attaché et vous venez en même temps ce soir vous en plaindre. Aime Rose, Napoléon, mais méfie-toi de Joseph.

Le directeur se dressait devant lui, droit et fier. Il avait repris sa place dans l'écrin des ors du Luxembourg. Dehors, on n'entendait plus qu'une fine pluie qui avait commencé à arroser Paris. Les acclamations avaient cessé - ou bien ne les entendait-il plus aussi distinctement.

Barras fit un pas vers lui.

– Les intrigues sont partout ici, y compris dans ton camp. Tu n'es pas de retour depuis vingt-quatre heures que tu t'apprêtes déjà à prendre des décisions hasardeuses.

– C'est le propre des batailles, fit Napoléon. Dans une grande affaire, on est toujours forcé de donner quelque chose au hasard.

– Et que te conseillerait Rose ?

– Vous le savez bien ! Elle prendrait votre parti, ou en tout cas le parti opposé à celui de mes frères.

– Évidemment. Ta famille déteste Rose et ne voulait pas de cette union.

– Ils avaient raison ! éructa-t-il. En fait de folies, il n'y a que les plus courtes qui sont excusables. Aussi je veux en finir avec celle de mon mariage.

– Tu connais les ressources de Rose en matière d'intrigue. Elle saura débiter beaucoup de paroles et tricoter auprès de toutes vos connaissances pour te déshonorer.

Bonaparte sentit la tête lui tourner.

– Je divorcerai. Un divorce public, éclatant ! Si je l'avais trouvée chez nous en arrivant ce matin, je ne lui aurais même pas parlé, mentit-il en se détournant de Barras.

De l'air ! Napoléon marcha vers la fenêtre et l'ouvrit en grand. Il s'attendait à recevoir une nouvelle salve d'acclamations, mais cette fois, seule une poignée de clameurs éparses s'élevèrent en même temps qu'un souffle glacé et mouillé lui fouettait les joues. Il commençait à se faire tard, et le gros du rassemblement s'était dispersé. Il pesta contre la foule qui avait abandonné le terrain.

Infidèle. Comme Joséphine. Comme ma famille...

Il fut pris d'une irrésistible envie de repartir en campagne, livrer bataille contre des armées entières et décimer leurs soldats. Ses ennemis expieraient les infidélités de Joséphine. Ils paieraient pour l'existence de Joseph, qui lui avait toujours barré le chemin. Ils seraient punis, ces chacals, pour le manque de reconnaissance de sa mère... Un jour, il la forcerait à l'admirer sans partage.

Du revers de la manche, Bonaparte essuya son visage trempé par la bruine. Lorsqu'il referma la fenêtre, Barras se tenait droit devant lui, comme prêt à le cueillir. Un vieux briscard de la politique, menteur et corrompu - il l'avait encore démontré ce soir. Mais ses frères valaient-ils mieux ? Pouvait-il davantage leur faire confiance ? Après tout, c'était Barras qui l'avait sauvé de la chasse aux sorcières après la mort de Robespierre, qui lui avait présenté sa femme, qui lui avait offert le commandement des armées d'Égypte et d'Italie... Qu'est-ce que ses frères avaient fait pour lui ?

– Savez-vous de quoi vous avez désespérément besoin ? demanda Barras. D'un ami. D'un véritable ami, qui vous aime et qui vous admire autant qu'il vous comprenne. D'un ami qui serait aussi un allié. Cet ami, ce frère même, vous l'avez devant vous. Vous en doutez ? Alors, je vais vous le prouver...

Maintenant qu'il s'était rapproché, Bonaparte pouvait voir que le feu était revenu dans les yeux de Barras.

– J'ai une proposition à vous faire, murmura le directeur.

Chapitre 24

16 octobre 1799, 22 h 20
Appartements de Barras, palais du Luxembourg

Les flammes dans l'âtre.

La table couverte de victuailles.

Les murs croulant sous les tableaux.

Rien de tout cela n'existait plus pour Barras. Rien d'autre ne comptait que Bonaparte, face à lui dans l'arène.

Dans l'obscurité du labyrinthe, le directeur avait remis la main sur le fil d'Ariane. Comme à chaque fois que le rideau semblait sur le point de tomber - et c'était arrivé à plusieurs reprises au cours de son existence -, il avait trouvé la force et les ressources pour relever la tête. Renoncer n'était pas une option.

Il prit une grande inspiration.

– Je ne publierai pas la lettre. Ainsi vous n'aurez pas à subir l'outrage d'une humiliation publique. Je la détruirai. Et je serai le seul à ne pas vous abandonner, je serai pour vous cet ami qui vous manque tant. Je vous épargnerai la prison. Je laverai tous les soupçons qui pèsent sur vous. Je vous défendrai contre vos ennemis et vos adversaires politiques. Je vous protègerai des manœuvres de vos frères. Et je vous aiderai… avec Joséphine.

Napoléon ne le quittait pas des yeux.

– Et en échange ?

– Acceptez ma proposition et entrez au Directoire. Aidez-moi comme je vous aide. Je n'ignore rien des tractations secrètes qui conspirent à la fin du régime. Mais, ensemble, nous serons invincibles.

Le front du général se barra d'un pli.

– Pourquoi vous rejoindrais-je ? Tous les partis se précipitent vers moi comme vers une existence nouvelle !

– Ne soyez pas naïf. Comme votre frère Lucien, les partis veulent profiter de votre gloire pour faire leurs affaires.

Bonaparte semblait hésiter.

– On raconte que vous parlez avec les royalistes ! lança-t-il.

Barras se figea l'espace d'un instant. Bonaparte savait plus de choses qu'il ne l'avait imaginé. Les royalistes n'étaient pas fiables et le directeur se reprocha son imprudence.

– Je vous rappelle que j'ai voté la mort du roi, répliqua-t-il.

– Les royalistes prennent des résolutions aussi désespérées que courageuses. Mais les derniers Bourbons ont tellement rapetissé la royauté qu'elle est maintenant tout juste à leur taille.

– Je suis bien d'accord, acquiesça Barras. Qui reste-t-il ? Vous n'allez tout de même pas me trahir pour les Jacobins ?

Les Jacobins étaient ceux qui désiraient le plus en découdre avec le gouvernement. Avoir le soutien de Lucien Bonaparte serait précieux pour les amadouer. Mais les Bonaparte détestaient le directeur, en raison de sa proximité avec Joséphine. C'est aussi pour cela qu'il avait besoin de Napoléon.

– Les Jacobins s'agiteraient moins si vous n'aviez pas dilapidé mes victoires, accusa le général. En politique, il ne faut pas être trop difficile : il faut rallier à soi tous ceux qu'on peut.

– C'est justement ce que je vous propose.

Un silence s'installa. Barras était épuisé et sa langue lui faisait l'effet d'une boule de papier mâché. Les deux hommes se dévisageaient. La fatigue commençait enfin à se lire sur les traits du général.

– J'ai besoin de boire quelque chose, finit par dire Barras. Pas toi, Napoléon ?

Bonaparte marqua un temps, avant d'enlever sa redingote. Sans piper mot, les deux hommes se dirigèrent vers les carafes. Toujours en silence, Barras servit Napoléon, qui lui tendait son verre. Le feu, la table et l'ombre dansante des portraits aux murs pour seuls témoins, les deux hommes burent sans trinquer.

– Voilà qui remet son homme d'aplomb, souffla Barras après une dernière lampée.

Le directeur tira une chaise et s'assit face à son général. Celui-ci hésita un instant, avant de l'imiter. Sur la table, les plats en sauce s'étaient figés. Les feux du chandelier marquaient cruellement les plis de la tenue de Bonaparte, complètement chiffonnée. La pendule sur la cheminée sonna vingt-deux heures trente. Napoléon avait mentionné être arrivé à Paris aux aurores et n'avoir même pas pris le temps de se changer, se souvint Barras. *Normal qu'il accuse le coup.* Lui-même ne devait pas avoir meilleure mine, chacun de ses membres croulait sous la fatigue. Joli duo.

– Peut-être irons-nous en prison tous les deux, finalement ? plaisanta Barras.

Bonaparte se contenta de hocher la tête. Il paraissait vidé.

– Nous pourrions partager la même cellule, qui sait ? Avec un passif tel que le nôtre, ce ne serait pas impossible. Avouez que ce serait amusant. Nous reproduirions cet entretien chaque jour, pendant des années. À moins que la guillotine ne vienne interrompre notre conversation. À longueur de journée, vous me bassineriez avec vos exploits militaires. Vous tiendriez des discours face à une foule imaginaire, glorifiant vos prouesses…

– Et vous, vous comploteriez avec les gardiens de prison pour obtenir double ration…

– Nous serions comme un vieux ménage, ne se supportant plus, mais incapable de se séparer.

Cette fois, Napoléon sourit.

– Je vous aurais étranglé avant.

– Et comme de bons forçats, nous évoquerions nos anciennes maîtresses, et nous ferions revivre leurs souvenirs dans nos conversations… Nous parlerions de Joséphine.

Bonaparte se rembrunit. Mais Barras poursuivit.

– Quand je vous l'ai présentée, vous n'étiez pas particulièrement attirant avec votre accoutrement de général de la République. Un habit grossièrement taillé, trop grand pour vous, votre petit chapeau monté d'un panache branlant, votre ceinture mal nouée… et votre accent rocailleux à couper au couteau. Vous n'aviez même pas d'affectation.

– Tout cela appartient au passé.

– Peu importe, rappela Barras, nous sommes en prison. Il n'y a plus d'avenir, et à peine un présent.

Le directeur croisa les jambes et cala son dos contre le dossier de sa chaise, avant de reprendre :

– Si l'on y pense, tout ce qui arrive aujourd'hui n'existe que parce que je vous ai présenté Joséphine. Elle tenait à l'ancien régime comme au nouveau. Son premier mari était général de la Révolution. Une bonne noblesse, comme moi.

Napoléon s'agita sur son siège.

– Je n'ai pas eu votre chance d'être aussi bien né.

– Et pourtant, nous voilà tous les deux dans cette cellule sordide, n'est-ce pas ? Tant de chemin pour finir au même point…

Ce mariage était pour vous bienvenu : vous qui étiez corse, cette union vous a tout à fait francisé.

– Cela faisait vos affaires que je l'épouse. Elle vous était acquise.

– Voyez comme nous nous amusons ? Rien n'est jamais gratuit. Ce mariage vous a donné de la consistance. Vous avez beaucoup d'autres talents mais vous n'êtes pas très doué pour la vie en société. Joséphine compense vos maladresses et votre caractère rude. Son raffinement adoucit votre aspect martial. Elle séduit, flatte, envoûte...

– ... et fait de moi la risée de tous les inutiles.

– Elle vous apporte les qualités qui vous font défaut. N'appréciez-vous pas ce qu'elle a fait de votre maison, les manières aristocratiques que vous n'aviez pas et qu'elle y a apportées ?

À la surprise de Barras, Napoléon acquiesça et son corps sembla se relâcher, comme si la fatigue accumulée était venue à bout des tensions et des faux-semblants.

– Ne l'aimez-vous pas pour cela, et bien d'autres choses ? continua Barras.

Le regard de Bonaparte se perdit dans le vague. Il murmura « Joséphine », puis ferma les yeux et se tut un moment, avant de reprendre d'une voix rêveuse :

– Je n'ai jamais trouvé chez une autre femme ce feu qui allume ses regards, sa grâce pour se mettre au lit, pour s'habiller, faire sa toilette. Qui n'a pas vu Joséphine faire sa toilette passe à côté de la beauté du monde, Barras. Sa petite épaule, son petit sein blanc, bien ferme... Par-dessus cela, une mine à croquer, avec son mouchoir à la créole...

– Vous devriez reprendre un verre, dit Barras en souriant.

Le directeur tendit la main vers la carafe. Cette fois encore, Napoléon accepta de se laisser servir et but sans y prêter attention.

– Malgré ma colère, j'attendais avec impatience le moment d'être en elle. Sa forêt noire, à qui j'aime donner mille baisers...

Barras se dit qu'il était peut-être temps d'arrêter le chambertin ; mais après tout, s'ils étaient en prison, il fallait bien passer le temps.

– ... elle a le plus joli cul qui soit possible. Il y a là les trois îlets de la Martinique que...

– Je sais tout cela, Napoléon : j'y suis passé avant toi.

Napoléon lui renvoya un regard sombre.

– Pas besoin de me rappeler qu'elle a été votre maîtresse.

Affalé sur sa chaise, Napoléon plongea sa tête entre ses mains et soupira.

– L'amour devrait être un plaisir, pas un tourment, gémit-il. Sinon, ce n'est qu'une sottise faite à deux.

– Vous l'aimez donc encore ?

– J'ai le cœur sensible, comme tout le monde. Joséphine m'a inspiré une passion sans bornes, une... ivresse, qui me dégrade. Je l'ai senti, elle gagnait chaque jour un empire sans limite, elle asservissait mes sens... Je vais vous dire : l'amour est nuisible. Je ne le laisserai plus s'emparer de moi.

– Allons, voilà que vous parlez comme un ivrogne. Cette cellule ne nous réussit pas. Nous ferions mieux d'en sortir, comme deux frères d'armes.

– Pourquoi est-elle partie ? Que fait-elle ? soupira encore le général.

Barras rassembla les faibles forces qui lui restaient. L'heure était venue de mettre un terme au supplice de sa créature. Et de la ramener à son service. Il s'éclaircit la gorge.

– Trinquons d'abord à notre alliance politique, fit-il en brandissant son verre. Frères d'armes pour toujours !

Bonaparte hésita, leva mollement le sien et trinqua.

– Où est-elle ? fit-il avec le visage d'un condamné qui s'accroche à un ultime espoir de grâce.

Pour la première fois depuis des heures, Barras se détendit vraiment. Il s'enfonça dans sa chaise et déboutonna sa chemise.

– Dimanche donc, je sais qu'elle dînait chez Gohier... quand arriva la nouvelle de votre retour.

Bonaparte se raidit.

– Si elle se cache chez Gohier, je ferai rendre gorge à ce malotru.

Barras sourit : les déclarations grandiloquentes de Bonaparte, un peu plus tôt, sur son divorce *éclatant* étaient bien loin.

– En voilà un emportement de la part d'un mari qui prétend ne plus aimer sa femme. Rangez votre sabre, je suis sûr qu'elle n'est plus chez Gohier.

– Ne me dites pas qu'elle est encore avec ce godelureau de Charles ?

– Certainement pas. Vous ai-je expliqué que Joséphine, Charles et moi étions en commerce avec les frères Bodin pour qu'ils fournissent les armées ? Eh bien, les Bodin ont fait de mauvaises transactions immobilières. Nous avons dû résilier leur contrat. Charles et Joséphine en ont profité pour mettre fin à leur relation.

Le corps et le visage de Bonaparte étaient tendus à l'extrême. Barras leva le doigt et ajouta en souriant :

– Les affaires d'argent qui tournent mal sont souvent fatales à la survie des couples.

– Alors où est-elle ? s'impatienta Bonaparte. A-t-elle eu peur de moi ? A-t-elle quitté Paris pour se cacher ?

– Elle a quitté Paris, oui. Mais pas pour se cacher. Dès qu'elle a appris la nouvelle de votre retour, elle a abandonné Gohier et a fait atteler des chevaux de poste...

Napoléon se leva d'un bond.

– Elle est partie rejoindre un coquin ?

Barras rit, et Bonaparte le dévisagea avec stupeur. Il était temps de soulager le général de ses tourments. Et d'abattre sa carte maîtresse pour les mois à venir, celle qui lui permettrait de sauver son pouvoir : Joséphine. Il se leva à son tour et posa une main sur l'épaule du général.

– Elle est partie à ta rencontre, Napoléon, tout simplement. Elle était si impatiente de te revoir...

Chapitre 25

16 octobre 1799, 22 h 40
Appartements de Barras, palais du Luxembourg

Napoléon suffoqua, le cœur battant à tout rompre comme si un marteau lui frappait les côtes.

– Vous vous moquez encore, bredouilla-t-il. Je ne l'ai pas croisée sur la route...

– Et par où êtes-vous rentré ?

À nouveau ce ton docte, professoral. Napoléon serra les dents.

– Par le Bourbonnais, je vous l'ai dit. Pour éviter la foule, et faire une arrivée plus discrète.

– Et quel était le chemin le plus simple pour regagner Paris ?

Après plus d'un an passé au Bureau des cartes, Napoléon connaissait la géographie par cœur.

– La Bourgogne évidemment.

– Eh bien, c'est par là qu'elle est partie, jubila le directeur. Elle vous aura manqué, parce que vous avez pris une autre route.

Ne vous trouvant pas, elle a certainement rebroussé chemin et ne devrait donc pas tarder à regagner votre hôtel.

Napoléon resta coi. Les mots de Barras lui parvenaient comme étouffés. Une rage sourde avait envahi sa poitrine. *Comment avait-il pu être stupide à ce point ?*

– À quoi songeait-elle en venant à ma rencontre ? finit-il par aboyer. Que j'effacerais l'ardoise ?

Il bouillonnait. Sa fierté lui commandait de répudier Joséphine. Oui, mais... elle s'était précipitée pour le retrouver. Cette preuve d'amour le chavirait. *Joséphine...* Il s'ébroua. *Non, pas maintenant.* Il avait besoin de toute sa tête pour analyser froidement la situation. Ses émotions le secouaient comme autant de tempêtes. *Ma chère Joséphine...* Il s'imagina soudain dans le chaud de ses bras, respirant son parfum, prêt à céder à nouveau pour une promesse. *Non.*

– C'est trop tard ! ajouta-t-il à haute voix, comme pour se convaincre.

Barras le dévorait littéralement des yeux, presque avec gourmandise.

– Faites marcher votre tête avant votre cœur ! Son réseau peut encore nous être très utile.

Bonaparte allait protester à nouveau mais Barras ne lui en laissa pas le temps :

– Patientez au moins quelques mois avant de la répudier. Et, si vous le souhaitez, nous nous en débarrasserons une fois le calme revenu.

Le général prit une grande inspiration. Le divorce ne semblait plus possible dans ces conditions. L'avait-il seulement été à un moment ? *Elle était tellement impatiente de me voir qu'elle a pris la route pour venir à moi. Elle m'aime !*

– Soit.

Le directeur sourit, l'air satisfait.

– Maintenant que l'affaire de votre mariage personnel est réglée, occupons-nous de notre mariage politique, qui promet lui aussi d'être flamboyant.

Le directeur tira la lettre de sa poche, l'approcha d'une bougie et chercha son regard pour obtenir son approbation. Napoléon opina du chef, et Barras laissa le papier s'enflammer. Le feu illumina ses joues flasques, faisant étinceler pendant quelques secondes ses yeux de vieux bœuf. Puis, avant que les flammes ne lui brûlent les doigts, le directeur jeta les restes de la feuille dans la cheminée, où elle finit de se consumer.

Barras lui tendit la main. Bonaparte baissa le regard pour contempler les rides qui la traversaient. Il hésitait. Le directeur avait été un mentor, presque un père. Mais ce soir, l'homme fort du Luxembourg ne lui inspirait plus que de l'amertume. Pourtant, n'était-ce pas le seul allié qui vaille dans la bataille qui s'annonçait ?

– Renoncerez-vous à voler la République pour vous enrichir encore ? demanda Bonaparte.

Barras s'inclina.

– Je suis déjà bien assez riche.

– Renoncerez-vous à abuser votre entourage ? Aux ruses et aux mensonges, dans le seul but de vous maintenir au pouvoir ?

– Je suis trop vieux pour cela, répondit-il sur un ton amène. C'est une ère nouvelle qui s'ouvre, n'est-ce pas ?

Bonaparte hésitait encore. Quelque chose n'allait pas. Napoléon se saisit de la main du directeur avec toute la force de sa poigne et l'attira à lui.

– Vous le saviez depuis que je suis arrivé tantôt, gronda Bonaparte.

– Quoi donc ? fit Barras en grimaçant sous la douleur.

– Que Joséphine était partie à ma rencontre.

Le directeur tenta de se retirer. Mais Napoléon ne relâcha pas son étreinte. Captif, Barras cessa de lutter, se contentant de le défier du regard.

– Bien sûr. C'est même moi qui le lui ai conseillé !

Barras poussa un cri de douleur car Bonaparte avait resserré encore sa poigne. *Évidemment.* Ce n'était pas un élan d'amour spontané de Joséphine.

– Alors pourquoi m'avoir trompé au lieu de me dire dès le début qu'elle était partie me rejoindre sur vos instructions ?

– C'était nécessaire. Nous devions avoir cette conversation en tête à tête. Pour préparer notre alliance et l'avenir de la France...

Le roi des pourris... C'était comme ça qu'on surnommait Barras dans le secret des salons jacobins.

– Bonaparte ?

Le Corse releva la tête. Il réalisa alors qu'il tenait toujours la main de Barras. Il ouvrit promptement le poing et libéra le directeur, qui se massa les doigts.

– Eh bien, quelle poigne ! rit-il. Nous en aurons besoin. Nous allons faire de grandes choses pour la France puisque nous sommes une nouvelle fois alliés.

– Oui, répondit Bonaparte sur un ton neutre.

Il voulait partir à présent. Quitter ce Luxembourg que la corruption avait englué comme de la mélasse. Ce lieu lui troublait les méninges, lui obscurcissait la vue.

– Et Sieyès, pérora Barras, qui me disait tout à l'heure : « Le Directoire est foutu. Le fossoyeur qui va creuser sa tombe est arrivé », nous le renverrons à ses leçons d'équitation, n'est-ce pas ?

Mécaniquement, Bonaparte posa la main sur la garde de son sabre et sortit à moitié la lame de son fourreau.

– Citoyen directeur, dit-il sur le même ton monocorde, je jure que ce sabre ne sera jamais tiré que pour la défense de la République.

Le directeur s'éclaircit la voix.

– Demain, lors de votre audience publique au Directoire, je vous éviterai la prison. Mais nous garderons entre nous notre conversation de ce soir, n'est-ce pas ?

– Entendu.

– Prenez soin de Mme Bonaparte. Son réseau et la finesse de son jugement nous seront indispensables dans les semaines qui viennent.

– Certainement.

– L'amitié est essentielle en ces temps troublés... Vous savez que je reste votre ami, comme par le passé et pour toujours ?

– Bien sûr.

Quitter cet endroit, vite. Dehors, la pluie qui avait commencé à tomber plus tôt s'était transformée en averse. Il n'y avait plus personne sous les fenêtres. La rue de Tournon s'était vidée.

– Et moi, mon cher ami, demanda Barras solennellement, puis-je compter sur votre amitié ?

– Assurément, répondit Bonaparte.

Le directeur frappa dans ses mains.

– Eh bien, nous nous verrons demain. D'ici là, prenez un peu de repos : vous avez une mine à déterrer les morts.

Le directeur sourit, puis agita les mains comme s'il voulait disperser de la volaille.

– Allez, allez, courez donc retrouver Mme Bonaparte qui vous aime autant que moi. Car à la fin ce sont bien les passions qui mènent le monde !

Napoléon marmonna quelque salutation, enfila sa redingote et quitta les lieux, anesthésié par la fatigue et l'émotion. Dans le véhicule qui l'emportait sous une pluie battante, Bonaparte regarda la ville défiler derrière les vitres, direction rue de la Victoire.

Sa tête connaissait sa destination, mais son cœur était perdu.

Chapitre 26

16 octobre 1799, 22 h 55
Appartements de Barras, palais du Luxembourg

Depuis la fenêtre, Barras regarda la voiture emporter Bonaparte loin du Luxembourg. La pluie battait les carreaux sans discontinuer. Lorsque le véhicule disparut dans la nuit, il porta un verre à ses lèvres et but à grandes goulées. *À ta santé, Napoléon !* Il avait survécu à cette épreuve. Et, avec le général dans sa poche désormais, il survivrait encore aux suivantes !

Une forme sombre posée sur le fauteuil, à côté de la cheminée, attira soudain son attention. Il plissa les paupières et frémit. Bonaparte avait oublié son bicorne.

Et le chapeau semblait le dévisager.

Barras scruta le couvre-chef comme s'il allait se mettre à parler. Quelques secondes s'écoulèrent – qui lui semblèrent de longues minutes. La fatigue accumulée se faisait sentir. Le bicorne restait immobile et muet. Il jeta un regard circulaire dans la pièce. Point de Bonaparte, il était bien parti. Le plus doucement possible, Barras contourna le chapeau et vint se placer derrière lui. D'un bond, il s'en saisit comme s'il avait attrapé une araignée, et le jeta précipitamment dans la cheminée. Une belle flambée illumina joyeusement la pièce.

Barras éclata de rire et secoua la tête. Il avait décidément trop d'imagination.

Et s'il rappelait Mlle Lange pour se changer les idées ? Il passa dans sa chambre, se changea. L'image du bicorne sur le fauteuil refusait cependant de quitter son esprit. *Merde !* Une petite musique lancinante trottait maintenant en boucle dans sa tête : et si Napoléon revenait sur leur alliance ? Il n'oserait pas. Oui, mais s'il osait ?

Il repassa dans le grand salon. Maudit bicorne ! Il prendrait Napoléon à part avant son audience du lendemain pour lui faire réitérer ses promesses. En attendant, la fougue du directeur s'était évanouie. Mlle Lange attendrait.

Un bruit derrière la porte dérobée le fit tressaillir. Il tendit l'oreille. Pas de doute : quelqu'un montait les escaliers. La porte s'ouvrit doucement.

Rose.

Combien de fois avait-elle grimpé cet escalier en colimaçon secret pour le rejoindre en toute discrétion au palais du Luxembourg ? Combien de fois l'avait-il vue pousser cette petite porte pour des visites coquines ou d'affaires, toujours impeccablement apprêtée ?

Ce fut justement cela qui sauta immédiatement aux yeux de Barras : Rose était chiffonnée, les cheveux défaits ; son maquillage avait coulé ; ses traits étaient tirés, comme si elle n'avait pas dormi depuis plusieurs jours. Il ne l'avait jamais vue ainsi. Aucun doute : elle revenait directement de Bourgogne. Elle n'était pas repassée par chez elle, il était prêt à le parier. Donc elle n'avait pas croisé Napoléon.

– Paul, je...

Le directeur l'interrompit sans même la regarder.

– Vous avez échoué n'est-ce pas ? Vous ne l'avez pas trouvé.

Il se dirigea avec indifférence vers la grande cheminée, comme si Rose n'existait pas. Elle se précipita à son tour vers le feu. Elle était trempée et grelottait.

– Paul, j'ai sillonné les routes, sans manger ni dormir, questionné les aubergistes. C'est impossible, il n'est pas passé par la Bourgogne. Où est-il donc ?

Barras se tourna vers elle avec un sourire qu'il souhaita le plus méchant possible. C'était son habitude quand il était en position de force : frapper d'abord et caresser ensuite pour qu'on lui mange dans la main. Une leçon chèrement apprise pendant la Terreur.

– Oh, il y a quelques instants il était ici !

– Quoi ?

– Oui, juste là où vous vous tenez !

Rose se dirigea chancelante vers un siège. Lorsqu'elle s'effondra dans le fauteuil, Barras réalisa qu'il avait devant lui le moyen de veiller à ce que Napoléon respecte leur alliance. Rose serait son espionne à demeure. Son assurance-vie. Le général ne pourrait rien faire sans qu'il le sache immédiatement.

– Que vous a-t-il dit ? fit-elle épuisée. Il va me répudier, j'en suis sûre.

Frapper d'abord.

– Je vous confirme qu'il y est bien décidé en effet.

Rose lui lança un regard implorant.

– Paul, c'est vous qui m'avez enjoint d'aller à sa rencontre en Bourgogne. Votre plan me place dans une position fâcheuse. Il faut que vous m'en sortiez.

– Et pourquoi donc le ferais-je ? ricana Barras. Je n'ai plus besoin de vous puisqu'il ne veut plus de vous.

Rose prit sa tête dans ses mains et pleura à chaudes larmes.

– Promettez-moi au moins que vous prendrez soin de mes enfants.

Même mal habillée, sale et exténuée, elle n'était jamais aussi belle que dans la détresse. Ses larmes coulaient sans que le flot semble pouvoir se tarir.

Le directeur sortit un mouchoir de sa veste et le lui tendit.

– C'est vrai que vous pleurez admirablement, fit-il en souriant.

Rose essuya ses larmes et tenta de se composer une attitude digne. C'est ce que Barras admirait le plus chez elle : sa résilience. Elle resta quelques secondes à respirer les yeux fermés. Il éprouva de la compassion pour cette femme qu'il avait égarée sur les chemins de Bourgogne, bien involontairement. Elle avait perdu et elle l'avait certainement compris.

Quand Rose rouvrit les yeux, elle fronça les sourcils en remarquant la vaisselle brisée et la nourriture qui jonchaient encore le sol. Le salon du directeur avait des allures de champ de bataille.

– Napoléon m'a donné du fil à retordre, expliqua Barras. Mais il me mange dans la main désormais ! Nous sommes alliés dans cette période décisive qui commence.

Rose se leva, se dirigea vers la table et se servit un verre d'eau qu'elle but d'un trait. Puis un second. Droite, fière dans la défaite. Quelle femme !

– Vous êtes toujours le plus fort, Paul, constata-t-elle. Comment l'avez-vous ramené dans vos filets ?

– Les pyramides lui ont brouillé l'esprit. Il se voit plus puissant qu'un pharaon. C'est tout ce qu'il peut entendre et c'est ce que je lui ai raconté.

– Vous l'avez convoqué pour désertion comme je vous l'avais suggéré ?

– Oui, évidemment. Je lui ai promis que ce ne serait qu'une formalité puisque nous sommes alliés.

Elle se rapprocha doucement de Barras.

– Vous avez encore gagné ! murmura-t-elle en agitant son éventail devant sa bouche.

Oui, il avait gagné, il triomphait une fois de plus. Parce qu'il restait le meilleur.

– Et moi ? souffla-t-elle.

Barras sentit son bas-ventre se durcir.

– J'ai défendu votre cause auprès de lui. Peut-être même l'ai-je convaincu de ne pas divorcer tout de suite.

Rose poussa un cri du cœur.

– Il m'aime encore !

– Allez savoir pourquoi. Vous ensorcelez les hommes.

Sur ces paroles, Barras l'enlaça par la taille et la serra dans ses bras.

– Admettez que je mérite bien une petite récompense. Cette bonne soirée m'a redonné de l'appétit !

Rose se débattit tandis qu'il promenait ses mains sur ses fesses rebondies. Elle lui jeta à la figure le reste de son verre d'eau. Barras lâcha prise aussitôt. Rose se tenait devant lui, défaite mais farouche, la mine inquiète mais bravache. Il s'essuya la figure calmement.

– À votre guise. Mais souvenez-vous que je vous ai sauvé la mise. Vous êtes ma débitrice. À partir de maintenant, vous serez mes yeux, mes oreilles et même mon cul chez Bonaparte. S'il manigance quoi que ce soit dans mon dos, je veux en être le premier informé. Compris ?

Rose baissa les yeux. *Voilà, comme ça*, songea Barras. *Rose et Napoléon*. Sa victoire sur ses deux protégés était totale.

– Filez chez lui, vous me ferez votre rapport demain. Et j'espère que vous serez moins prude que ce soir.

Chapitre 27

16 octobre 1799, 23 h 45
Hôtel Bonaparte, rue de la Victoire

L'hôtel Bonaparte était silencieux. Les domestiques étaient partis dormir. Immobiles dans la nuit, six soldats gardaient l'entrée, figés comme des statues, insensibles à la pluie qui tombait à grosses gouttes.

Napoléon avait tenté de trouver le sommeil - sans succès. Il s'était couché tout habillé sur le lit trop confortable. Malgré l'épuisement, les pensées se bousculaient dans sa tête, envenimées par la nuit. Il regretta sa paillasse métallique de campagne dans laquelle il avait tant de fois trouvé un sommeil réparateur avant la victoire du lendemain.

Il se leva, installa une chaise devant la fenêtre et attendit dans l'obscurité. Il pourrait ainsi observer la cour sans être vu. Scruter *son* retour. Il avait donné des consignes strictes : laisser passer sa voiture dans l'allée jusqu'à l'entrée de l'hôtel ; ne pas lui ouvrir ; ne pas échanger la moindre parole avec elle - cette femme était capable de séduire et retourner un régiment à elle seule.

Soudain, des sabots claquèrent sur le pavé. Un attelage approchait. *Joséphine*. Un bouillonnement de colère envahit la poitrine de Napoléon. Cette femme ne reculait devant rien. Le véhicule s'arrêta devant l'entrée et resta immobile de longues secondes. Napoléon attendit le cœur battant que la portière s'ouvre. Qu'elle descende. Comme en Italie. Il chassa ce souvenir. Enfin, le battant de la porte grinça. Joséphine apparut. Elle grimpa avec élégance les quelques marches de marbre qui conduisaient à la porte d'entrée. Napoléon plissa les yeux pour mieux jouir de sa déception lorsqu'elle constaterait qu'il avait fermé la porte à clé. Mais elle se contenta de frapper, sans essayer d'entrer.

Comme personne ne répondait, elle renouvela son geste. Puis leva les yeux vers la fenêtre. Instinctivement, Napoléon recula. Elle tambourina de nouveau à la porte. Le cerveau du général tournait à toute vitesse pour élaborer la meilleure stratégie. Mais rien ne venait, sauf l'évidence : cette bataille-là, il n'avait pas envie de la livrer.

– Par Dieu, implora-t-elle, je sais que vous êtes là, ouvrez-moi !

La pluie qui tombait en abondance devait lui transpercer les os. Elle était habillée trop légèrement pour cette température et ses vêtements étaient trempés. Elle ne pourrait rester longtemps dehors. Napoléon souffla : elle battrait en retraite sans même qu'il ait besoin de l'affronter.

Joséphine continuait de frapper à la porte.

– Je suis gelée. Épargnez-moi ce froid !

Elle dansait d'un pied sur l'autre pour se réchauffer. À quoi s'attendait-elle ? Qu'il se jette dans ses bras, comme en Italie ? Elle ne l'humilierait pas une nouvelle fois.

Les coups sur la porte cessèrent un moment. Napoléon avait vu juste : elle allait abandonner la partie. Elle s'assit sur les marches du perron et resta immobile de longues minutes sous la pluie. Puis se redressa et frappa à nouveau à la porte, des coups plus faibles.

– Je n'ai pas mangé depuis deux jours, je suis épuisée.

Elle se mit à pleurer.

– Querellez-moi si vous le souhaitez mais ouvrez-moi !

Encore des pleurs et des jolis mots. *Ça suffit !* De rage, Napoléon se leva et dévala les escaliers, traversa le vestibule et ouvrit la porte.

Devant lui, Joséphine titubait, engourdie par le froid, les bras croisés sur la poitrine.

– Me laisserez-vous entrer enfin ? souffla-t-elle

Mille récriminations vinrent à l'esprit de Napoléon. Cette confrontation, il l'avait répétée en boucle durant les dernières heures de sa remontée vers Paris, des flots de reproches accumulés en quatre ans d'infidélités et de trahisons, des torrents d'amertume et de tristesse qu'il attendait de lui cracher au visage. Mais son cerveau semblait paralysé.

– Pourquoi le ferais-je ? se contenta-t-il de répondre.

– Parce que je vous aime, bredouilla-t-elle.

Ces mots, Napoléon les avait tant de fois attendus dans les lettres enflammées qu'il espérait et qui n'étaient jamais venues !

Pourtant, ils ne lui firent aucun effet. Étrangement, son corps ne réagissait pas, comme anesthésié. Elle répéta.

– Je vous aime.

Rien. Pas d'envie furieuse de l'embrasser. Pas de douleur oppressante dans la poitrine. Il l'observa, ruisselante de pluie, le maquillage coulant et le visage défait, ânonnant sans conviction de banales mièvreries. Elle n'avait rien de la femme qui l'avait ensorcelé quatre ans plus tôt. La magie avait cessé d'agir. La Joséphine qui se tenait devant lui, son cœur ne la reconnaissait pas.

– À combien d'autres coquins avez-vous dit ces mots durant mon absence ? siffla-t-il en détachant bien toutes les syllabes.

– Je vous aime comme je n'ai jamais aimé personne. Je vous aime tellement que j'ai fait un long voyage pour vous retrouver et...

– Vous l'avez fait parce que Barras vous l'a demandé. Cesserez-vous un jour de me duper ?

Joséphine frissonna et baissa les yeux.

– J'ai froid, souffla-t-elle en tremblant.

– Vous saurez trouver des bras pour vous réchauffer, j'en suis sûr.

Elle leva la main pour lui caresser sa joue. Un geste qui le chavirait autrefois. Il écarta la tête pour l'éviter. Elle se remit à pleurer. Elle pouvait bien vider toutes les larmes de son corps. Sa tristesse n'égalerait jamais celle qui avait étouffé à jamais toute flamme dans le cœur de Napoléon.

– Je rentre du Luxembourg, grinça-t-il. Barras m'en a dit long sur vos tromperies et vos magouilles. Je ne m'attendais plus à grand-chose, mais vous trouvez toujours le moyen de me décevoir.

Elle baissa la tête. Coupable. Barras n'avait pas menti.

– J'ai fait tout cela pour vous, essaya-t-elle. Parce que je vous aime.

– À d'autres ! Vous n'aimez que vous-même. Il m'a fallu trop longtemps pour le comprendre !

– Non !

Napoléon se figea. Le cri avait franchi les lèvres de Joséphine si vite qu'il l'avait surpris. Il fronça les sourcils. Était-elle sincère, enfin ? *Ne te laisse pas encore berner !*

– Je suis désolée, souffla-t-elle en baissant la tête, sans le quitter des yeux.

– De quoi exactement êtes-vous désolée ?

Napoléon s'en voulut aussitôt. Le jeu de Joséphine était clair et il s'y laissait prendre une nouvelle fois.

– De ne pas vous avoir considéré plus tôt. De vous avoir humilié, et d'avoir foulé aux pieds vos sentiments...

Bonaparte recula. Chacun des mots qu'elle prononçait était une flèche qui ravivait de vieilles blessures.

– « Je suis désolée », répéta-t-il. À l'ombre des pyramides, sous le feu des mamelouks, dans le désert de Syrie et sous les vagues de la Méditerranée... j'ai tellement de fois voulu entendre ces mots...

Joséphine s'approcha.

– ... mais ces belles paroles arrivent trop tard.

Napoléon tenta de refermer la porte.

– Non ! cria Joséphine en posant sa main sur le battant pour empêcher son geste.

Ils se dévisagèrent en silence. Napoléon savait combien les hésitations peuvent être fatales dans l'issue d'une bataille. Pourtant, il hésita une seconde. Une seconde dont Joséphine se saisit.

– Je comprends qu'une part de vous puisse me détester, balbutia-t-elle. Si j'étais à votre place, je me détesterais aussi. Mais je sais que...

– C'est fini, Rose.

Il avait haussé la voix en prononçant ce prénom, comme une évidence. Joséphine était redevenue Rose, et ce nom brisait l'envoûtement. La frayeur qu'il lut dans son regard lui confirma qu'il s'était libéré de sa geôlière. Chancelante, elle se retint sur le chambranle de la porte pour ne pas tomber. Puis redressa la tête.

– D'accord, dit-elle, le souffle court. Vous ne croirez aucune de mes promesses. Je l'entends. Et les cajoleries et les flatteries ne feront qu'attiser votre colère. Alors, arrêtons les faux-semblants : nous n'avons jamais pris la peine de vraiment nous connaître. Il est temps que cela change.

Napoléon se raidit, surpris. Ces propos ne ressemblaient pas à la femme qu'il connaissait.

– Rose, c'est...

– Je suis Joséphine Bonaparte, affirma-t-elle d'une voix claire malgré le grondement de la pluie. Je suis, c'est vrai, une intrigante et une maîtresse volage. Je suis aussi, sans doute, une épouse indigne, en tout cas si l'on en croit les journaux. Mais s'il est une chose que je ne suis pas, c'est une écervelée. J'ai bien travaillé en votre absence.

Napoléon dressa l'oreille. La femme qui lui faisait face parlait maintenant avec assurance. Une assurance froide et déterminée.

– Vous arrivez trop tard à Paris et vous le savez. Plusieurs complots sont déjà prêts à renverser le Directoire. J'ai recueilli des confidences, noué des alliances, établi des confiances. Vous avez besoin de moi pour rattraper votre retard.

Le retour aux affaires ranima le cerveau ankylosé du général. Il aimait ce ton ferme, concret. *Ne retombe pas dans le piège de la passion.* Mais son cœur restait calme. Au contraire, une agréable force inconnue se répandait dans son corps.

– Oui, continua Joséphine, à cet instant, vous êtes furieux. Mais la colère passera, et que restera-t-il alors ? Si vous choisissez de rester à mes côtés, je puis vous offrir les trois choses que vous désirez le plus au monde : d'abord un grand pouvoir ; puis un grand destin...

Elle avait prononcé ces mots avec force, presque avec rage. Elle était magnifique. Napoléon était pendu à ses lèvres.

– N'avez-vous pas dit trois choses ?

Elle se redressa. Écartant les pans de son manteau, elle passa deux doigts dans son corsage et le tira pour découvrir la naissance de ses seins.

– Un héritier, une dynastie. C'est le nouveau contrat de mariage que je vous propose. Et au bout du chemin, la France entre nos mains, pour plusieurs générations...

Une puissante énergie rayonnait dans la poitrine de Napoléon.

– « Nos » mains ? cria-t-il alors que la pluie redoublait d'intensité.

Joséphine le regarda droit dans les yeux.

– Nos mains.

Alors il l'attira à elle et l'entraîna, encore trempée, vers la chambre à coucher.

Chapitre 28

17 octobre 1799, 0 h 55
Hôtel Bonaparte, rue de la Victoire

La pluie s'était arrêtée, laissant place à la brume. Couronnée d'une chape de lourds nuages, Paris semblait attendre que la nuit s'achève. Mais l'aube était encore loin, et Bonaparte n'avait plus sommeil.

Face à la fenêtre ouverte, il inspira jusqu'à ce que ses poumons se remplissent des odeurs de l'automne. La terre humide du jardin dégageait une fragrance dont il avait parfois rêvé sous la tente, dans le désert d'Égypte, un parfum qui apaisait son cœur. Pour la première fois depuis son arrivée à Paris, il se sentait enfin de retour.

Le petit parc emmitouflait l'hôtel Bonaparte d'une paisible tranquillité, mais la rumeur de la ville parvenait à ses oreilles. Paris ne dormait jamais.

Il s'empara d'une couverture posée sur un fauteuil et s'y enroula. Elle était froide mais, au contact de sa peau nue, elle se réchauffa bientôt. La nuit serait courte - il avait l'habitude : les bivouacs de campagne offraient rarement le luxe d'un long sommeil réparateur. Rien de ce qui l'attendait ne l'effrayait. Sa sérénité le surprenait même.

Il reprit une bouffée d'air frais du jardin. Le même parfum calme de la nuit qui enveloppe les champs de bataille avant l'assaut du lendemain. Sensation familière. Sa bonne étoile, celle qui s'était manifestée sur le pont de Lodi et qui lui avait tant de fois évité la mort, ne l'avait pas abandonné : ce soir, elle s'était de nouveau présentée, sous les traits de Joséphine, telle qu'il ne l'avait jamais vue.

Joséphine.

Bien sûr qu'il l'aimait - qui avait-il voulu tromper en prétendant s'en séparer ? Mais la Joséphine qui s'était révélée cette nuit serait beaucoup plus qu'une amante dans l'accomplissement de son destin. Il avait trop longtemps été l'instrument de tous. Maintenant c'était à eux d'être les siens. Ils joueraient sa partition. Joséphine y veillerait.

– Ne prenez pas froid, murmura une voix derrière lui.

Joséphine traversa le petit salon, nue telle une Ève aux seins légers, et vint se coller contre lui. Elle ronronnait comme une chatte. Il se félicita que leurs cordes vibrent d'une nouvelle harmonie. Les pièces de l'échiquier trouvaient enfin leur place. Plein de l'odeur de sa douce peau d'albâtre, il sentit sa virilité s'émouvoir à nouveau. Elle sourit.

– Devrions-nous retourner à la chambre ? s'amusa-t-elle.

Calmant son ardeur, il la repoussa doucement. *La tête avant le cœur.* Un doute lui serra soudain la poitrine : ne se laissait-il pas encore abuser ?

– Parlons d'abord de ce nouveau contrat de mariage, ordonna-t-il d'un ton qu'il aurait aimé plus chaleureux.

De la main gauche, Joséphine s'empara d'un livre sur le buffet près de la fenêtre, posa sa main droite dessus et prit un air solennel.

– Article premier : mes enfants et moi ne serons plus jamais pauvres, décréta-t-elle sans le quitter des yeux. Je me le suis juré, peu importent les moyens ou les sacrifices auxquels il faudra consentir. J'y parviendrai grâce à vous. Article 2 : en retour, je serai à votre service. Je vous apporterai tout ce que vous n'avez pas. Vous m'utiliserez comme bon vous semblera pour accomplir votre destinée.

Il hocha la tête, gravant chacun de ses mots dans sa mémoire. Il prit sa main, la ramena à lui et l'embrassa.

– Je sais ce que je veux, annonça-t-il. Et je l'obtiendrai, que Dieu m'en soit témoin.

Dehors, le ciel s'était dégagé par endroits, dévoilant une poignée d'astres brillant dans la nuit. *Un destin plus exceptionnel que celui d'Alexandre le Grand. Plus extraordinaire que celui de Jules César. Une France plus puissante que celle de Charlemagne...* C'était le moment d'interroger Joséphine. Le moment de vérité.

– Qu'avez-vous à m'apprendre ?

– Barras négocie en sous-main avec les royalistes.

Bonaparte grimaça.

– Cela, je le sais déjà.

– Plusieurs conspirations visent à renverser le gouvernement, continua Joséphine sans se démonter. Certains participent à plusieurs complots en même temps.

– Ce qui compromet leurs chances de réussir.

– Exactement. Fouché m'assure qu'aucun ne représente actuellement un danger pour le Directoire.

Bonaparte fronça les sourcils.

– Fouché ? Vous avez des renseignements directement par Fouché ?

Il regretta aussitôt d'avoir posé la question.

– Oui, il contrôle le peuple de Paris et nous sera utile, fit Joséphine sans répondre au sous-entendu.

Un silence s'installa. Un pli barrait le front du général. C'était un peu maigre. Il lui en faudrait davantage pour trouver sa place sur l'échiquier politique.

– Il y a quelque chose que ni Barras ni Fouché ne savent, chuchota Joséphine.

Bonaparte était pendu à ses lèvres. Elle poursuivit :

– Sieyès prépare quelque chose en secret pour renverser le Directoire.

Sieyès. Avait-elle eu une nouvelle aventure avec l'abbé défroqué ? Il repoussa à nouveau ce réflexe du passé. *La tête avant le cœur.*

– Il veut que la victoire soit nette et la transition sans bavure, expliqua Joséphine. Mais l'abbé est un philosophe, pas un homme d'armes. Il a besoin d'un militaire reconnu pour s'assurer du soutien de l'armée : c'est un sabre qu'il cherche.

Napoléon était aussi concentré que lorsque ses soldats-espions lui rapportaient des informations sur les positions ennemies. Elle poursuivit.

– Il avait jeté son dévolu sur le général Joubert.

– Un brave militaire, fit remarquer Bonaparte. Mais il est mort sur un champ de bataille italien cet été.

– Exactement, fit Joséphine en souriant. Et j'ai convaincu Sieyès que vous étiez la meilleure alternative.

– Barras prétend qu'il est impossible de travailler avec Sieyès, objecta Napoléon, que je ne pourrai pas m'entendre avec lui.

– Qui vous demande de vous entendre avec lui ? Sitôt le coup d'État réussi, vous pourrez facilement isoler Sieyès et le pouvoir sera à vous.

Bonaparte respira. Son cerveau était déjà en marche. Il faudrait d'abord neutraliser ses ennemis au sein de l'armée, ce qui ne devait pas être trop difficile : au mieux, ils ne bougeraient pas. Violer les deux assemblées sans que la population se soulève était une autre paire de manches. Cela pouvait réussir : il avait sa garde rapprochée et le soutien du peuple. Restaient les membres du Directoire.

– D'autres directeurs sont impliqués ?

Joséphine fronça les sourcils.

– Sieyès fait cavalier seul. Il veut contraindre les autres à démissionner. Certains résisteront et il faudra les amener à être raisonnables. Par la force, si cela est nécessaire.

Bonaparte frissonna.

– Même Barras ?

Elle leva les yeux vers lui.

– Paul est un ami. Mais il refusera de céder. Sieyès m'a demandé de sonder son cœur. Je puis vous assurer qu'il ne bougera pas.

– Je suis convoqué demain au Directoire pour désertion. Barras a promis de m'épargner la prison. Il pourrait encore nous être utile.

– Vous incarnez le renouveau. Il n'incarne plus que lui-même et la faillite du régime. Le peuple voudra le voir partir. Son temps est terminé.

Napoléon songea à sa première rencontre avec Barras, lors du siège de Toulon. Le directeur lui avait donné sa chance en l'envoyant deux fois en campagne pour exprimer son génie militaire. C'est à lui qu'il devait sa position et sa popularité.

– Nous lui devons beaucoup, fit-il remarquer. Et vous le sacrifiez ce soir sans hésitation. Demain c'est moi que vous trahirez !

Joséphine sourit.

– Il n'y a qu'avec vous que je suis liée par un contrat de mariage.

Puis elle prit un air grave.

– Barras nous a en effet beaucoup aidés, vous et moi... Mais nous ne gagnerons rien en caressant trop. Qui fut plus populaire que le malheureux Louis XVI ? Voyez où ça l'a mené. Si vous ne faites pas quelques actes de vigueur, ça n'en finira jamais. Le pays sort à peine d'une révolution, il est menacé par les ennemis du dehors, et troublé par les intrigues des traîtres à l'intérieur. Nous devons être durs.

Napoléon hésitait. Se passer de Barras était un saut dans le vide. N'était-il pas plus prudent de le garder encore un peu à ses côtés ? Joséphine sembla lire dans ses pensées.

– Même s'il vous promet de vous épargner la prison, c'est tout de même lui qui vous a convoqué en audience demain pour vous accuser de désertion. Ce n'est pas vraiment l'attitude d'un allié, ne croyez-vous pas ?

Napoléon hocha la tête.

– Nous devons sacrifier Barras, affirma-t-elle d'un ton sans appel.

– Il faudra donc faire sans notre bon ami, se résigna-t-il.

Il l'enlaça et ils s'embrassèrent en silence, prenant le temps de réaliser que leur trahison ouvrait le début d'une nouvelle ère dans leur relation et pour le pays.

– Dès demain, continua Bonaparte, après mon audition, nous irons voir Sieyès. A-t-il déjà un plan ?

– La date du 18 brumaire a été avancée.

Dans moins d'un mois, songea-t-il. Les campagnes éclair, c'était ce qu'il préférait. Ils avaient juste le temps de s'y préparer.

Joséphine enroula ses bras autour de ses épaules pour faire tomber la couverture. Bonaparte réalisa qu'en plus de l'aimer il l'admirait pour ce qu'elle avait été tout ce temps et qu'il n'avait pas su voir. Une survivante. Une battante. Une guerrière.

Une alliée. Sa bonne étoile.

Elle sembla lire une nouvelle fois dans ses pensées.

– Je serai à vos côtés.
– Direz-vous adieu à vos amants ?
– Définitivement, fit-elle sans hésiter.
Après un temps, elle reprit, l'air malicieux :
– Plus jamais je ne ferai de mal à Clisson.
À l'évocation du personnage de son roman, Napoléon sourit et se tourna vers la fenêtre ouverte. Son regard se perdit à l'horizon. Que ce temps lui paraissait lointain ! Clisson était si candide, tellement immature ! C'était du passé.
– Dans un mois, le pays sera à nous, conclut Joséphine.

Chapitre 29

17 octobre 1799, 8 h 10
Hôtel Bonaparte, rue de la Victoire

Depuis la fenêtre de son grand salon, Joséphine observait Napoléon s'éloigner dans l'allée qui reliait leur hôtel à la rue de la Victoire. Une voiture l'y attendait pour le conduire à l'audience officielle du Directoire, au palais du Luxembourg. Son pas était rapide : cet homme ne faisait rien lentement - elle avait toujours admiré cette énergie qu'il mettait en toute chose. Derrière lui, ses deux frères, Joseph et Lucien, peinaient à suivre son rythme, tels deux roquets courant après leur maître.

De bon matin, ils avaient débarqué chez elle sans prévenir, comme en territoire conquis. Napoléon, rasé de frais, finissait de se préparer dans le salon. Ils s'étaient précipités pour donner l'accolade au général. Une étreinte trop enjouée pour être honnête. Comme à son habitude, Napoléon avait écourté les formalités et les avait pressés d'en venir au fait.

C'était le moment que Joséphine avait choisi pour faire son entrée, encore en tenue de nuit.

– Mais nous avons de la visite ! s'était-elle exclamée. Joseph, Lucien, quelle joie de vous voir !

On aurait cru que le ciel leur était tombé sur la tête. À l'évidence, ils avaient parié sur sa répudiation immédiate. Peut-être même avaient-ils pensé qu'elle avait quitté Paris dans la crainte du retour de son époux ? Elle les avait détrompés en déposant un baiser langoureux sur les lèvres de Napoléon.

Leur mine déconfite faisait plaisir à voir et valait bien les trois jours qu'elle avait passés à sillonner la Bourgogne dans l'angoisse de ne pas trouver son mari avant eux.

Napoléon avait enfilé sa redingote.

– De quoi faut-il parler si urgemment ? s'était-il enquis auprès de Joseph. Je dois me dépêcher si je ne veux pas arriver en retard à l'audience.

– Justement, je...

Joseph avait suspendu sa phrase et regardé en direction de Joséphine. Napoléon s'était impatienté.

– Eh bien ! Tout ce que vous avez à dire, vous pouvez le dire devant elle : Joséphine et moi n'avons aucun secret l'un pour l'autre.

L'aîné des Bonaparte n'avait pu s'empêcher de jeter un œil mauvais à l'épouse de son frère. Elle lui avait rendu en retour une œillade malicieuse.

– Nous sommes... euh... venus préparer la suite, avait commencé Joseph.

Joséphine l'avait tout de suite interrompu.

– Merci, mon cher beau-frère. Notre temps est déjà totalement organisé pour ces prochains jours. Nous vous ferons savoir si nous avons besoin de vous.

Les deux frères s'étaient observés en se tortillant, hagards, les bras ballants, ne sachant quelle attitude adopter. Un vrai régal ! Joséphine ne leur avait pas laissé le temps de réagir.

– Ah ! Si ! Joseph, il y a une chose que vous pourriez faire. Seriez-vous assez aimable pour inviter chez vous votre beau-frère par alliance ?

Le général Bernadotte était marié à Désirée Clary, la sœur de la femme de Joseph. Désirée avait été un temps fiancée avec Napoléon. Elle n'avait pas su le garder - tant pis pour elle. Elle avait finalement épousé Bernadotte, un général austère qui avait déclaré à qui voulait l'entendre qu'il ne tolérerait pas que Napoléon exploite l'armée à des fins personnelles.

– Je suis sûre, avait continué Joséphine, qu'un homme habile comme vous saura le persuader de ne pas se mettre en travers de notre chemin.

Bonaparte l'avait embrassée passionnément devant ses frères médusés, puis avait rapidement quitté l'hôtel.

Depuis sa fenêtre, Joséphine observait les trois frères s'éloigner quand son majordome courut après eux dans l'allée.

– Je suis désolé Monsieur ! cria-t-il, je ne trouve pas votre bicorne.

Bonaparte se retourna vers lui sans s'arrêter pour autant.

– Ne vous en souciez pas Étienne, je n'en aurai pas besoin aujourd'hui !

Les frères Bonaparte disparurent au bout du chemin.

Joséphine s'étira. La nuit avait été trop courte pour réparer la fatigue des derniers jours. Par les fenêtres, une matinée ensoleillée succédait à une soirée pluvieuse. L'intense lumière des rayons du soleil lui faisait mal aux yeux. Elle tira les rideaux en casimir vert. Elle déambula quelques instants dans son salon, caressa doucement le guéridon d'acajou et de bronze doré à deux gradins en marbre bleu, qui trônait au centre. Elle avait eu toutes les difficultés à persuader l'ébéniste de reprendre parfaitement les motifs en arabesques du lustre en cristal à neuf branches, suspendu au plafond. Dans la pénombre, elle s'assit dans un fauteuil. Celui dans lequel Barras s'était posé quelques jours plus tôt – une éternité. Elle observa les figures de femmes en bronze doré qui en ornaient trop docilement les accoudoirs et fit une moue. Elle les ferait remplacer par des représentations d'hommes.

Elle s'autorisa enfin à se détendre, relâcha sa tête en arrière sur le dossier du fauteuil. Son regard se promena sur la frise antique qui courait autour du grand salon à un mètre de hauteur. Elle en avait supervisé elle-même le dessin pour l'assortir aux huit colonnes de stuc qui, aux angles de la pièce, supportaient les quatre figures en plâtre de Cérès, Prudence, Pomone et Hercule. Hercule... Même les plus lourds de ses travaux ne pouvaient se comparer à ce qu'elle avait vécu ces dernières heures.

Napoléon ne serait pas de retour avant la fin de la matinée. Elle s'assoupit... Combien de temps, elle n'aurait su le dire. Quand elle se réveilla, elle profita d'un instant de douce torpeur. Elle se redressa soudain, prise d'une inspiration.

Dans la salle à manger attenante, elle ouvrit le tiroir d'un buffet et en sortit une écritoire, du papier, une enveloppe et une plume.

« *Mes chers enfants,*

J'espère que vous vous portez au mieux.

Je me languis de vous. Mais nous nous retrouverons bientôt.

D'ici un mois, nous ne manquerons plus de rien. Jamais.

Je vous le promets.

À vite mes amours.

Votre mère qui vous aime »

Elle plia la lettre, ferma l'enveloppe et y déposa un long baiser.

Le 9 novembre 1799, avec le soutien décisif de Joséphine et de son frère Lucien, Bonaparte renverse Barras, le Directoire et les deux assemblées : c'est le célèbre coup d'État du 18 Brumaire. À trente ans, il devient Premier consul.

Jusqu'au bout, Barras a cru que Napoléon et Joséphine l'associeraient à leur plan. Forcé de démissionner, il est rapidement contraint à l'exil à Bruxelles.

Napoléon et Joséphine deviennent le couple régnant le plus fascinant du monde. La France n'a jamais été aussi puissante. Le 2 décembre 1804, Napoléon se sacre empereur et couronne lui-même Joséphine impératrice.

Le 15 décembre 1809, à l'apogée de l'Empire, Napoléon divorce de Joséphine qui ne peut lui donner d'héritier. C'est le début d'un long déclin qui conduit à l'effondrement de l'Empire. Napoléon abdique le 6 avril 1814 en laissant une France plus petite qu'il ne l'a trouvée.

Retirée à la Malmaison depuis sa répudiation, Joséphine y meurt le 29 mai 1814, alors que Napoléon vient d'arriver en exil sur l'île d'Elbe.

Durant les cent jours de son bref retour au pouvoir, Napoléon ira une dernière fois à la Malmaison, à la recherche de sa bonne étoile disparue.

Après sa défaite à Waterloo, il est exilé en octobre 1815 sur l'île de Sainte-Hélène. Durant ses longues journées, il se souvient de Joséphine, « la femme [qu'il a] le plus aimée ». Il y meurt le 5 mai 1821.

Infirme, oublié, Paul Barras meurt à Paris dans l'indifférence générale le 29 janvier 1829.

Aucun héritier direct de Napoléon ne régnera. En revanche, le 2 décembre 1852, jour anniversaire du sacre de Napoléon, Louis Napoléon Bonaparte, fils d'Hortense de Beauharnais et de Louis Bonaparte, petit-fils de Joséphine, se fait sacrer empereur sous le nom de Napoléon III. Il rendra régulièrement hommage à sa grand-mère.

Remerciements

Je remercie tout particulièrement :

Julien Simon pour son aide à l'écriture de la première version du roman,

Bertrand Guillot pour ses enseignements si pédagogiques,

Jacques Weber, Christophe Barbier, Catherine Schaub, David Gauquié, Arnaud Bertrand, Sébastien Perrolat, Michel Martineau, Augustin Manhes et Alexis Michaud pour nos échanges constructifs,

Toute l'équipe des Éditions de l'Observatoire (Muriel, Dana, Flandrine, Manon, Katell, Camille, Maïa) pour leur bienveillance, leurs précieux conseils et leur confiance.

Bibliographie sélective

Il y aurait plus de livres sur Napoléon que de jours qui se sont écoulés depuis sa mort, le 5 mai 1821. Nous nous contentons donc ici de mentionner seulement quelques ouvrages essentiels qui ont inspiré ce roman.

Mémoires de Paul Barras (t. IV, Librairie Hachette et Cie, 1896), où l'épisode de cette visite est relaté. L'excellente préface de George Duruy permet de mieux comprendre le rôle qu'a vraiment joué Barras dans le 18 Brumaire.

Napoléon a dit, de Lucian Regenbogen (Les Belles Lettres, 2002). Un dictionnaire complet des citations de Napoléon.

L'Impératrice Joséphine, de Bernard Chevallier et Christophe Pincemaille (Payot & Rivages, 2002). Joséphine par le formidable ancien conservateur de la Malmaison.

Le 18 Brumaire, de Jacques Bainville (Bernard Giovanangeli, 2009). Pour comprendre rapidement le 18 Brumaire.

Le 18 Brumaire, de Thierry Lentz (Jean Picollec, 1997 et Tempus, 2010). Mon ouvrage de référence sur le 18 Brumaire.

Napoléon ou la Destinée, de Jean-Marie Rouart (Gallimard, 2012). Indispensable pour comprendre la psychologie de Napoléon.

Joséphine. Le paradoxe du cygne, de Pierre Branda (Perrin, 2016). Pour une relecture moderne des caractères complexes de Napoléon et Joséphine.
Freud et Napoléon. Le complexe fraternel, de Catherine Muller (Campagne Première, 2022). Une analyse psychanalytique audacieuse de la relation de Napoléon à sa famille.

Préparation de copie : Guillaume Müller-Labé
Correction : Sophie Roller
Maquette de couverture : Raphaëlle Faguer
Fabrication : Marine Garguy & Sébastien Dos Santos
Composition et mise en pages :
Nord Compo à Villeneuve-d'Ascq
Photograveur : IGS-CP

Photographie de couverture :
Napoleon's Farewell to Josephine, Laslett John Pott,
1880, London Sotheby's, 22 février 1989,
lot 99 © Sotheby's/akg-images

La couverture de *L'Aigle et la Rose* a été imprimée
sur une carte Mynatural green evolution
avec un marquage à chaud coloré n° BL61.
Les polices utilisées sont la Domaine Display
et la NewParis Headline.
L'ouvrage, composé en Romain BP,
est imprimé sur papier Alizé or.

Achevé d'imprimer en France
par CPI Firmin-Didot
en mars 2024
N° d'impression : 178693